LA VIE

DE

MARIANNE,

OU

LES AVANTURES

DE MADAME

LA COMTESSE D***.

Par Monsieur DE MARIVAUX.

TROISIEME PARTIE.

A LA HAYE,

Chez JEAN NEAULME,

M. DCC. XXXVII.

LETTRE
DE L'AUTEUR
AU LIBRAIRE DE PARIS.

JE viens de lire, MONSIEUR, dans la Gazette d'Amsterdam, qu'un nommé Ryckhoff fils imprime sous mon nom un Livre intitulé, Le Telemaque Travesti. *Ce Livre n'est point de moi ; & voici apparemment de quelles circonstances on abuse pour me l'attribuer. Il y a environ dix-huit ans, que l'Auteur de ce Manuscrit, jeune homme de Bretagne, étudiant en Droit avec moi, me le montra : il y avoit déja quelques années qu'il étoit fait, & même approuvé, je ne sçai plus par qui ; & comme ce jeune homme sçavoit que je connoissois quelques Libraires, il me pria de proposer son Livre à quelqu'un d'eux ;*

A 3

d'eux ; ce que je fis : & ce fut un Libraire de la Ruë S. Jaques, & dont le nom ne me revient point, qui s'en accommoda. Voilà toute la part que j'y ai : & celui, qui le donne sous mon nom, veut, ou m'obliger, ou me nuire ; & pourra même m'en attribuer encore un autre du même Auteur, qui est mort, & de qui j'en ai encore lû & fait passer un dont je ne me rappelle pas le titre.

La Quatrieme Partie de Marianne paroîtra incessamment : dans trois semaines, vous l'aurez sans faute ; vous pouvez en être persuadé. Je suis, avec toute l'Amitié possible,

Votre très-humble & très-obéïssant Serviteur,

MARIVAUX.

L A

LA VIE

DE

MARIANNE,

OU LES

AVANTURES DE MADAME LA COMTESSE DE ***:

Troisiéme Partie.

OUI, Madame, vous avez raison, il y a trop long-tems que vous attendez la Suite de mon Histoire ; je vous en demande pardon : je ne m'excuserai point, j'ai tort, & je commence.

Je vous ai dit qu'on frappa à la porte, pendant que Madame Dutour me préchoit une économie dont elle

 approu-

approuvoit pourtant que je me difpen-
faffe à fon profit; c'eft-à-dire, à fa fé-
te, à celle de Toinon, à la mienne,
& à de certains jours de réjouiffance,
où ce feroit fort bien fait de depen-
fer mon argent pour la regaler elle &
fa maifon.

C'étoit donc-là à peu près ce qu'elle
me difoit, quand le bruit qu'on fit à
la porte l'interrompit. Qui eft-là? cria-
t-elle tout de fuite, & fans fe lever;
qui eft-ce qui frappe? Je venois d'entendre arreter un Caroffe; & comme
on répondit au qui eft-là de Madame
Dutour, il me fembla reconnoître la
voix de la perfonne qui répondoit. Je
penfe que c'eft Monfieur de Climal,
lui dis-je. Croyez-vous? me dit-elle en
courant vîte; & je ne me trompois
point, c'étoit lui-même.

Eh! mon Dieu, Monfieur, je vous
fais bien excufe; vraiment, je me ferois bien plus preffée, fi j'avois cru
que c'étoit vous, lui dit-elle: tenez,
Marianne & moi, nous étions encore
à table; il n'y a que nous deux ici.
Jeannot (c'étoit fon fils) eft avec fa
tante, qui doit le mener tantôt à la
foire, car il faut toujours que cet enfant foit fourré chez elle, fur-tout les
Fétes.

Fêtes. Madelon (c'étoit sa servante) est à la nôce d'un cousin qu'elle a, & je lui ai dit, Va-t-en, cela n'arrive pas tous les jours, & en voilà pour long-tems. D'un autre côté, Toinon est allée voir sa mere, qui ne la voit pas souvent, la pauvre femme: elle demeure si loin, c'est au Faubourg Saint-Marceau, imaginez-vous s'il y a à troter; & tant mieux, j'en suis bien aise moi, cela fait que la fille ne sort gueres: de sorte que je suis restée seule en attendant Marianne, qui par-dessus le marché s'est avisée de tomber en venant de l'Eglise, & qui s'est fait mal à un pied; ce qui est cause qu'elle n'a pû marcher, & qu'il a fallu la porter près de-là dans une maison, pour accommoder son pied, pour avoir un Chirurgien qui ne se trouve pas-là à point nommé, il faut qu'il vienne, qu'il voye ce que c'est, qu'on déchausse une fille, qu'on la re-chausse, qu'elle se repose, ensuite un fiacre dont elle a eu besoin, & qui me l'a ramenée ici toute éclopée, pour ma peine de l'avoir attendue jusqu'à une heure & demie, & puis est-ce-là tout ? vous croyez qu'on va dîner, n'est-ce pas ? Bon, n'y avoit-t-il pas

A 5

encore

encore ce maudit fiacre, que j'ai voulu payer moi-même pour épargner
l'argent de Marianne, qui ne se connoît pas à cela, & qui malgré moi a
été lui donner une fois plus qu'il ne falloit : j'étois dans une colere ; aussi je
l'aurois battu, si j'avois été assez forte.

Il y a eu donc bien du bruit ? dit
Monsieur de Climal. Oh ! du bruit,
si vous voulez, reprit-elle ; je me suis un
peu emportée contre lui ; mais, au
surplus, il n'y a eu que quelques voi-
sins qui se sont assemblez à notre porte, quelques passans par-ci par-là.

Tant pis, lui dit-il assez froidement,
ce sont-là de ces scenes qu'il faut évi-
ter le plus qu'on peut ; & Marianne,
qui l'a payé, a pris le bon parti. Comment va votre pied ? ajouta-t-il, en
s'adressant à moi. Assez bien, lui
dis-je : je n'y sens presque plus que de
la foiblesse ; & j'espere que demain il
n'y aura rien.

Avez-vous achevé de dîner, nous
dit-il ? Ho, sans doute, reprit Madame Dutour ; nous causions de choses & d'autres. Ne vous assoyez-vous
pas, Monsieur ? Avez-vous quelque
chose à dire à Marianne ? Oui, dit-il,
j'ai à lui parler.

Eh

Eh bien, reprit-elle, ayez donc la bonté de paſſer dans la Salle: vous ne feriez pas bien ici ; c'eſt notre taudis. Venez, Marianne, appuyez-vous ſur moi ; je vous menerai juſques-là : attendez , attendez , je m'en vais chercher mon aune, avec quoi vous vous ſoutiendrez. Non , non, dit Monſieur de Climal, je l'aiderai: prenez mon bras, Mademoiſelle ; & là-deſſus je me leve: nous rentràmes dans la boutique , pour paſſer dans cette petite Salle, où je crois que j'aurois fort bien été toute ſeule, en me ſoutenant d'une canne.

Ah ça , dit Madame Dutour pendant que je m'aſſoyois dans un fauteuil, puiſque vous avez à entretenir Marianne , moi je vais prendre ma coëffe, & ſortir pour aller entendre un petit bout de Vépres : elles ſeront bien avancées ; mais , je ne perdrai pas tout, & j'en aurai toujours peu ou prou. Monſieur , excuſez, ſi je m'en vais, je vous laiſſe le gardien de la maiſon. Marianne , ſi quelqu'un vient me demander , dites que je ne ferai pas long-tems : entendez-vous, ma fille? Monſieur, je ſuis votre ſervante.

Elle

Elle nous quitta alors, sortit un moment après, & ne fit que tirer la porte de la rue sans la fermer, parce qu'il ne pouvoit entrer qui que ce soit dans la boutique, sans que nous le vissions de la salle.

Jusques-là, Monsieur de Climal avoit eu l'air sombre & rêveur, ne m'avoit pas dit quatre paroles, & sembloit attendre qu'elle fût partie, pour entamer la conversation. De mon côté, à l'air intrigué que je lui voyois, je me doutois de ce qu'il alloit me dire, & j'en étois dégoûtée d'avance. Apparemment qu'il va être question de son amour, pensois-je en moi-même.

Car, avant mon Avanture avec Valville, vous vous ressouvenez bien, que j'avois déja conclu que Monsieur de Climal m'aimoit ; & j'en étois encore plus sûre, depuis ce qui s'étoit passé chez son neveu. Un dévot, qui avoit rougi de m'y rencontrer, qui avoit feint de ne m'y pas connoître, ne pouvoit y avoir été si confus & si dissimulé, que parce que le fond de sa Conscience sur mon chapitre ne lui faisoit pas honneur. On appelle cela rougir devant son péché : & vous ne

sçau-

ſçauriez croire combien alors ce vieux Pêcheur me paroiſſoit laid, combien ſa préſence m'étoit à charge.

Trois jours auparavant, en découvrant qu'il m'aimoit, je m'étois contentée de penſer que c'étoit un hypocrite, que je n'avois qu'à laiſſer être ce qu'il voudroit, & qui n'y gagneroit rien : mais, à préſent, je n'en reſtois pas-là; je ne me contenois plus pour lui dans cette tranquille indifférence. Ses ſentimens me ſcandaliſoient, m'indignoient, le cœur m'en ſoulevoit. En un mot, ce n'étoit plus le même homme à mes yeux : les tendreſſes du neveu, jeune, aimable, & galant, m'avoient appris à voir l'oncle tel qu'il étoit, & tel qu'il méritoit d'être vû ; elles l'avoient fletri, & m'éclairoient ſur ſon âge, ſur ſes rides, & ſur toute la *laideur de ſon caractère*.

Quelle folle & ridicule figure n'a-t-il pas été obligé de faire chez Valville? Que va-t-il me dire avec ſon vilain amour qui offenſe Dieu? Va-t-il m'exhorter à ne valoir pas mieux que lui, ſous prétexte des ſervices qu'il me rendra ? me diſois-je. Ah! qu'il eſt haïſſable. Comment un homme, à cet âge-là, ne ſe trouve-t-il pas lui-mê-

même horrible? Etre auffi vieux qu'il eft, avoir l'air dévot, paffer pour un fi bon Chrétien, & enfuite venir dire en fecret à une jeune fille, Ne prenez pas garde à cela, je ne fuis qu'un fourbe, je trompe tout le monde, & je vous aime en débauché honteux, qui voudroit bien auffi vous rendre libertine. Ne voilà-t-il pas un Amant bien ragoûtant?

C'étoit-là à peu près les petites idées dont je m'occupois pendant qu'il gardoit le filence en attendant que la Dutour fût partie.

Enfin, nous reftâmes feuls dans la maifon. Que cette femme eft babillarde! me dit-il, en levant les épaules: j'ai cru, que nous ne pourrions nous en défaire. Oui, lui répondis-je, elle aime affez à parler: d'ailleurs, elle ne s'imagine pas que vous ayez rien de fi fecret à me dire.

Que penfez-vous de notre rencontre chez mon neveu? reprit-il en fouriant. Rien, dis-je, fi-non que c'eft un coup de hazard. Vous avez très-fagement fait de ne me pas connoître, me dit-il. C'eft qu'il m'a paru, que vous le fouhaitiez ainfi, répondis-je: &, à propos de cela, Monfieur,

fieur, d'où vient que vous êtes bien aife que je ne vous aye pas nommé, & que vous avez fait femblant de ne m'avoir jamais vûë?

C'eft, me répondit-il d'un air infinuant & doux, qu'il vaut mieux, & pour vous, & pour moi, qu'on ignore les liaifons que nous avons enfemble, qui dureront plus d'un jour, & fur lefquelles il n'eft pas neceffaire qu'on glofe, ma chere fille : vous êtes fi aimable, qu'on ne manqueroit pas de croire que je vous aime.

Oh! il n'y a rien à appréhender, repris-je d'un ton ingénu : on fçait que vous êtes un fi honnête homme. Oui, oui, dit-il comme en badinant : on le fçait, & on a raifon de le croire ; mais, Marianne, on n'en eft pas moins honnête-homme pour aimer une jolie fille.

Quand je dis honnête-homme, répondis-je, j'entens un Homme de bien, pieux, & plein de religion ; ce qui, je crois, empêche qu'on ait de l'Amour, à moins que ce ne foit pour fa femme.

Mais, ma chere enfant, me dit-il, vous me prenez donc pour un Saint? Ne me regardez point fur ce pied-là.
Vrai-

Vraiment, vous me faites trop d'honneur: je ne le fuis point; & un Saint même auroit bien de la peine à l'être auprès de vous: oui, bien de la peine, jugez des autres : & puis, je ne fuis pas marié, je n'ai plus de femme à qui je doive mon cœur, moi; il ne m'eft point défendu d'aimer , je fuis libre : mais, nous parlerons de cela; revenons à votre accident.

Vous êtes tombée , il a fallu vous porter chez mon neveu, qui eft un étourdi, & qui aura débuté par vous dire des galanteries; n'eft-il pas vrai? Il vous en contoit, du moins, quand nous fommes entrez cette Dame & moi; & il n'y a rien-là d'étonnant : il vous a trouvée ce que vous êtes, c'eft-à-dire belle, aimable, charmante , en un mot ce que tout le monde vous trouvera: mais, comme je fuis affuré-ment le meilleur ami que vous ayez dans le monde, (& c'eft de quoi j'ef-pere bien vous donner des preuves,) dites-moi, ma belle enfant, n'auriez-vous pas quelque penchant à l'écou-ter? Il m'a femblé vous voir un air affez fatisfait auprès de lui; me fuis-je trompé?

Moi! Monfieur, répondis-je; je l'é-
cou-

coutois, parce que j'étois chez lui : je ne pouvois pas faire autrement; mais, il ne me disoit rien que de fort poli & de fort honnéte.

De fort honnête, dit-il, en répetant ce mot : Prenez garde, Marianne, ceci pourroit déja bien venir d'un peu de prévention. Hélas ! que je vous plaindrois, dans la situation où vous étes, si vous étiez tentée de prêter l'oreille à de pareilles cajoleries. Ah! mon Dieu ! que ce seroit dommage, & que deviendriez-vous ? Mais, dites-moi, vous a-t-il demandé où vous demeuriez ?

Je crois qu'oui, Monsieur, répondis-je, en rougissant. Et vous, qui n'en sçaviez pas les consequences, vous le lui avez, sans doute, appris? ajouta-t-il. Je n'en ai point fait difficulté, repris-je : aussi-bien l'auroit-il sçû quand je serois montée dans le Fiacre, puisqu'avant que de partir, il faut bien dire où l'on va.

Vous me faites trembler pour vous, s'écria-t-il d'un air serieux & compatissant : oui, trembler ; voilà un evenement bien fâcheux, & qui aura les plus malheureuses suites du monde, si vous ne les prévenez pas : il vous perdra,

ma fille; je n'exagere rien, & je ne
fçaurois me laſſer de le dire. Hélas!
quel dommage, qu'avec les graces &
la beauté que vous avez, vous devinſ-
ſiez la proye d'un jeune homme, qui
ne vous aimera point; car, ces jeunes
fous-là ſçavent-ils aimer? Ont-ils un
cœur, ont-ils des ſentimens, de l'honneur, un caractère? Ils n'ont que des
vices, ſur-tout avec une fille de votre
état, que mon neveu croira fort au-
deſſous de lui, qu'il regardera comme
une jolie griſette, dont il va tâcher de
faire une bonne fortune, & à qui il
ſe promet bien de faire tourner la tête:
ne vous attendez pas à autre choſe. De
petites galanteries, de petits préſens
qui vous amuſeront, les proteſtations
les plus tendres que vous croirez, un
étalage de ſa fauſſe paſſion qui vous
ſéduira, un éloge éternel de vos char-
mes; enfin, de petits rendez-vous,
que vous refuſerez d'abord, que vous
accorderez après, & qui ceſſeront tout
d'un coup par l'inconſtance & par les
dégoûts du jeune homme: voilà tout
ce qui en arrivera; voyez, cela vous
convient-il? Je vous le demande:
eſt-ce-là ce qu'il vous faut? Vous avez
de l'eſprit & de la raiſon: & il n'eſt

pas

pas poſſible, que vous ne conſideriez quelquefois le cas où vous êtes, que vous n'en ſoyez inquiete, effrayée. On a beau être jeune, diſtraite, imprudente, tout ce qui vous plaira, on ne ſçauroit pourtant oublier ſon état, quand il eſt auſſi triſte, auſſi déplorable, que le vôtre: & je ne dis rien de trop, vous le ſçavez, Marianne; vous êtes une orpheline, & une orpheline inconnuë à tout le monde, qui ne tient à qui que ce ſoit ſur la terre, dont qui que ce ſoit ne s'inquiete & ne ſe ſoucie, ignorée pour jamais de votre famille que vous ignorez de même, ſans parens, ſans bien, ſans amis, moi ſeul excepté, que vous n'avez connu que par hazard, qui ſuis le ſeul qui s'intéreſſe à vous, & qui à la vérité vous ſuis tendrement attaché, comme vous le voyez bien par la maniere dont je vous parle, & comme il ne tiendra qu'à vous de le voir infiniment plus dans la ſuite; car, je ſuis riche, ſoit dit en paſſant, & je puis vous être d'un grand ſecours, pourvû que vous entendiez vos véritables intérêts, & que j'aye lieu de me louër de votre conduite: quand je dis de votre conduite, c'eſt de la pru-

den-

dence que j'entens, & non pas une
certaine aufterité de mœurs ; il n'eft
pas queftion ici d'une vie rigide & fe-
vere qu'il vous feroit difficile, & peut-
étre impoffible, de mener; vous n'étes pas
méme en fituation de regarder de trop
près à vous là-deffus : dans le fond, je
vous parle ici en homme du monde,
entendez-vous, en homme, qui, après
tout, fonge qu'il faut vivre, & que la
neceffité eft une chofe terrible. Ainfi,
quelque ennemi que je vous paroiffe
de ce qu'on appelle amour, ce n'eft
pas contre toutes fortes d'engagemens
que je me declare : je ne vous dis pas
de les fuir tous ; il y en a d'utiles &
de raifonnables, de méme qu'il y en a
de ruineux & d'infenfez, comme le feroit celui que vous prendriez avec mon
neveu, dont l'amour n'aboutiroit à rien
qu'à vous ravir tout le fruit du feul
avantage que je vous connoiffe, qui
eft d'étre aimable. Vous ne voudriez
pas perdre votre tems à étre la maî-
treffe d'un jeune étourdi, que vous ai-
meriez tendrement & de bonne-foi; à
la vérité, ce qui feroit un plaifir, mais
un plaifir bien malheureux, puifque le
petit libertin ne vous aimeroit pas de
méme, & qu'au prémier jour il vous
laif-

laiſſeroit dans une indigence, dans une
miſere, dont vous auriez plus de peine
à ſortir que jamais : je dis une miſere,
parce qu'il s'agit de vous éclairer, &
non pas d'adoucir les termes ; & c'eſt
à tout cela que j'ai ſongé depuis que
je vous ai quitté : voilà ce qui m'a fait
ſortir de ſi bonne heure de la maiſon
où j'ai dîné ; car, j'ai bien des choſes
à vous dire, Marianne : je ſuis dans de
bons ſentimens pour vous ; vous vous
en êtes ſans doute apperçûe.

Oui, Monſieur, lui répondis-je, les
larmes aux yeux, confuſe, & même
aigrie, de la triſte peinture qu'il venoit de faire de mon état, & ſcanda-
liſée du vilain intérêt qu'il avoit à m'ef-
frayer tant : oui, parlez, je me fais
un devoir de ſuivre en tout les con-
ſeils d'un homme auſſi pieux que vous.

Laiſſons-là ma piété, vous dis-je,
reprit-il, en s'approchant d'un air ba-
din, pour me prendre la main. Je
vous ai déja dit dans quel eſprit je
vous parle. Encore une fois, je mets
ici la Religion à part : je ne vous prê-
che point, ma fille ; je vous parle raiſon : je ne fais ici auprès de vous que
le perſonnage d'un homme de bon-
ſens, qui voit que vous n'avez rien,

&

& qu'il faut pourvoir aux befoins de la vie, à moins que vous ne vous déterminiez à fervir, ce dont vous m'avez paru fort éloignée, & ce qui effectivement ne vous convient pas.

Non, Monfieur, lui dis-je en rougiffant de colere, j'efpere que je ne ferai pas obligée d'en venir-là.

Ce feroit une trifte reffource, me dit-il : je ne fçaurois moi-même y penfer fans douleur ; car, je vous aime, ma chere enfant, & je vous aime beaucoup.

J'en fuis perfuadée, lui dis-je, je compte fur votre amitié, Monfieur ; & fur la vertu dont vous faites profeffion, ajoutai-je, pour lui ôter la hardieffe de s'expliquer plus clairement.

Mais, je n'y gagnai rien. Eh ! Marianne, me répondit-il, je ne fais profeffion de rien que d'être foible, & plus foible qu'un autre ; & vous fçavez fort bien ce que je veux dire par le mot d'amitié : mais, vous êtes une petite malicieufe, qui vous divertiffez, & qui feignez de ne pas m'entendre : oui, je vous aime, vous le fçavez, vous y avez pris garde, & je ne vous apprens rien de nouveau. Je vous aime comme une belle & charmante
fille

fille que vous êtes. Ce n'eſt pas de l'amitié que j'ai pour vous, Mademoi-ſelle: j'ai cru d'abord, que ce n'étoit que cela; mais, je me trompois, c'eſt de l'amour, & du plus tendre: m'en-tendez-vous à préſent? de l'amour, & vous ne perdez rien au change; vo-tre fortune n'en ira pas plus mal: il n'y point d'Ami, qui vaille un Amant comme moi.

Vous, mon Amant! m'écriai-je, en baiſſant les yeux; vous! Monſieur? je ne m'y attendois pas.

Hélas! ni moi non plus, reprit-il: ceci eſt une affaire de ſurpriſe, ma fille. Vous êtes dans une grande in-fortune; je n'ai rien vû de ſi à plain-dre que vous, de ſi digne d'être ſecou-ru; je ſuis né avec un cœur ſenſible aux malheurs d'autrui; & je m'imagi-nois n'être que généreux en vous ſecou-rant, que compatiſſant, que pieux même, puiſque vous me regardez auſſi comme tel; & il eſt vrai, que je ſuis dans l'habitude de faire tout le bien qu'il m'eſt poſſible. J'ai cru d'abord, que c'étoit de même avec vous; j'en ai agi imprudemment dans cette con-fiance; & il en eſt arrivé ce que je méritois: c'eſt que ma confiance a été

con-

confondue ; car , je ne prétens pas m'excuser : j'ai tort, il auroit été mieux de ne vous pas aimer, j'en serois plus louable assurément, il falloit vous craindre, vous fuir, vous laisser-là ; mais, d'un autre côté, si j'avois été si prudent, où en seriez-vous, Marianne ? dans quelles affreuses extrémitez alliez-vous vous trouver ? Voyez combien ma petite foiblesse , ou mon amour, (comme il vous plaira l'appeller) vient à propos pour vous. Ne semble-t-il pas que c'est la Providence, qui permet que je vous aime, & qui vous tire d'embarras à mes dépens ? Si j'avois pris garde à moi, vous n'aviez point d'azile ; & c'est cette réflexion-là qui me console quelquefois des sentimens que j'ai pour vous : je me les reproche moins   parce qu'ils m'étoient nécessaires, & que d'ailleurs ils m'humilient. C'est un petit mal, qui fait un grand bien, un bien infini ; vous n'imaginez pas jusqu'où il va. Je ne vous ai parlé que de cette indigence, où vous resteriez au prémier jour, si vous écoutiez mon neveu, lui ou tout autre ; & ne vous ai rien dit de l'opprobre, qui la suivroit, & que voici : c'est que la plûpart des hommes, & sur-tout des jeunes

nes gens, ne menagent pas une fille comme vous, quand ils la quittent; c'eſt qu'ils ſe vantent d'avoir réuſſi auprès d'elle; c'eſt qu'ils ſont indiſcrets, impudens, & moqueurs, ſur ſon compte; c'eſt qu'ils l'indiquent, qu'ils la montrent, qu'ils diſent aux autres, la voilà. Ho, jugez quelle Avanture ce ſeroit-là pour vous, qui étes la plus aimable perſonne de votre ſexe, & qui par conſéquent ſeriez auſſi la plus deshonorée; car, dans un pareil cas, c'eſt ce qu'il y a de plus beau qui eſt le plus mépriſé, parce que c'eſt ce qu'on eſt le plus fâché de trouver mépriſable : non pas qu'on exige qu'une belle fille n'ait point d'Amans; au contraire, n'en eût-elle point, on lui en ſoupçonne, & il lui ſied mieux d'en avoir qu'à une autre, pourvû que rien n'éclate, & qu'on puiſſe toujours penſer en la voyant, que c'eſt un grand bonheur que d'étre bien venu d'elle : or, ce n'en eſt plus un, quand elle eſt décriée; & vous ne riſquez rien de tout cela avec moi. Vous ſentez bien, du caractère dont je ſuis, que votre réputation ne court aucun hazard : je ne ſerai pas curieux, qu'on ſçache que je vous aime, ni que vous y répondez. C'eſt dans le ſecret,

que

que je prétens réparer vos malheurs,
& vous aſſurer ſourdement une petite
fortune, qui vous mette pour jamais
en état de vous paſſer du ſecours de
gens, qui ne me reſſembleroient pas,
qui ſeroient plus ou moins riches, mais
tous avares, tous amoureux ſans tendreſſe, qui ne vous donneroient qu'une
aiſance médiocre & paſſagere, & dont
vous ſeriez pourtant obligée de ſouffrir
l'amour, même en reſtant chez Madame Dutour.

A ce diſcours, je me ſentis ſaiſie
d'une douleur ſi vive, je me fis tant
de pitié à moi-même, de me voir ex-
poſée à l'inſolence d'un pareil détail,
que je m'écriai en fondant en larmes, Eh! mon Dieu! à quoi en ſuis-
je réduite?

Et comme il crut, que mon excla-
mation venoit de l'épouvante qu'il me
donnoit : Doucement, me dit-il d'un
air conſolant, & en me ſerrant la main;
doucement, mon aimable & chere fille,
raſſurez-vous : puiſque nous nous ſom-
mes rencontrez, vous voilà hors du
péril dont je parle. Il eſt vrai, que
vous ne l'éviteriez pas ſans moi; car,
il ne faut pas vous flatter, vous n'êtes
point née pour être une Lingere : ce
n'eſt

n'eſt point une reſſource pour vous que
ce métier-là ; vous n'y feriez aucun
progrès, vous le ſentez bien, j'en ſuis
ſûr ; & , quand vous vous y rendriez
habile, il faut de l'argent pour devenir
Maîtreſſe, & vous n'en avez pas : vous
feriez donc toujours fille de boutique.
Oh, je vous prie, gagnerez-vous dans
cet état de quoi ſubvenir à tous vos
beſoins ? & , belle comme vous étes,
manquant de mille choſes néceſſaires,
comment ferez-vous , ſi vous ne conſentez pas que les gens en queſtion
vous aident ; & ſi vous y conſentez,
quelle horrible ſituation !

Eh ! Monſieur, lui dis-je en ſanglotant, ne m'en entretenez plus ; ayez
cette conſideration pour moi , & pour
ma jeuneſſe : vous ſçavez que je ſors
d'entre les mains d'une fille vertueuſe,
qui ne m'a pas élevée pour entendre de
pareils diſcours ; & je ne ſçai pas comment un homme comme vous eſt capable de me les tenir, ſous prétexte que
je ſuis pauvre.

Non, ma fille, me répondit-il, en
me ſerrant les bras ; non, vous ne l'ê-
tes point : vous avez du bien, puiſque
j'en ai ; c'eſt à moi deſormais à vous
tenir lieu de vos parens que vous n'a-
vez

vez plus. Tranquillifez-vous : je n'ai voulu, dans ce que je vous ai dit, que vous infpirer un peu de frayeur utile ; que vous montrer de quelle confequence il étoit pour vous , non-feulement que nous nous connuffions , mais encore que je priffe fans m'en appercevoir cette tendre inclination, qui m'attache à vous, qui m'humilie pourtant , mais dont je fubis humblement la petite humiliation, parce qu'en effet cet évenement-ci a quelque chofe d'admirable. Oui , la fin de vos malheurs en dépendoit : il eft certain, que, fans ce penchant imprévû , je ne vous aurois pas affez fecourue : je n'aurois été qu'un homme de bien envers vous, qu'un bon cœur, comme on l'eft à l'ordinaire ; & cela ne vous auroit pas fuffi : vous aviez befoin que je fuffe quelque chofe de plus ; il falloit que je vous aimaffe, que je fentiffe de l'amour pour vous, je dis un amour d'inclination ; il falloit que je ne puffe le vaincre, & que, forcé d'y ceder , je me fiffe du moins un devoir de racheter ma foibleffe, & de l'expier en vous fauvant de tous les inconveniens de votre état : c'eft auffi ce que j'ai réfolu , ma fille ; & j'efpere que vous ne vous y oppoferez pas : je compte-

te

te même que vous ne ferez pas ingrate. Il y a beaucoup de différence de
votre âge au mien, je l'avoüe; mais,
prenez garde: dans le fonds, je ne fuis
vieux que par comparaifon, & parce
que vous êtes bien jeune; car, avec
toute autre qu'avec vous, je ferois d'un
âge fort fupportable, ajouta-t-il du ton
d'un homme qui fe fent encore affez
bonne mine. Ainfi, voyons, conve-
nons de nos mefures, avant que la Dutour arrive: je crois que vous ne fongez
plus à être Lingere; d'un autre côté,
voici Valville, qui eft une tête folle, à
qui vous avez dit où vous demeuriez,
& qui infailliblement cherchera à vous
revoir. Il s'agit donc d'échaper à fa
pourfuite, & de lui dérober nos liaifons, qu'il n'ignoreroit pas long-tems,
fi vous reftiez chez cette femme-ci: de
forte que l'unique parti qu'il y a à prendre, c'eft de difparoître dès demain de
ce quartier, & de vous loger ailleurs;
ce qui ne fera pas difficile. Je connois
un honnête-homme, que je charge
quelquefois du foin de mes affaires, qui
eft ce qu'on appelle un folliciteur de
procès, dont la femme eft très-raifon-
nable, & qui a une petite maifon fort
jolie, où il y a un apartement que vient

de

de quitter un homme de Province à qui
il le louoit ; & cet apartement, j'irai
dès ce foir le retenir pour vous : vous
ferez-là, on ne peut pas mieux, fur-
tout venant de ma part. Ce font de
bonnes gens, qui feront charmez de
vous avoir, qui s'en tiendront honorez,
d'autant plus que vous y paroîtrez d'une
maniere convenable, & qui vous y fera
refpecter : vous y arriverez fous le titre
d'une de mes parentes, qui n'a plus ni
pere ni mere, que j'ai retirée de la campagne, & dont je veux prendre foin ;
ce qui, joint à la forte penfion que vous
y payerez, (car vous mangerez avec
eux,) à la parure qu'ils vous verront,
à l'ameublement que vous aurez dans
deux jours, aux Maîtres que je vous
donnerai, (Maîtres de Danfe, de Mu-
fique, de Clavefïin, comme il vous plaira ;) ce qui joint, dis-je, à la façon dont
j'en agirai avec vous, quand j'irai vous
voir, achevera de vous rendre totalement la Maîtreffe chez eux, n'eft-il pas
vrai ? Il n'y a point à héfiter : ne per-
dons point de tems, Marianne ; &,
pour préparer la Dutour à votre fortie,
dites-lui ce foir, que vous ne vous fentez
pas propre à fon Négoce, & que vous
allez dans un Couvent, où demain matin

tin on doit vous mener ſur les dix heures : en conformité de quoi je vous en-
verrai la femme de l'homme en queſtion, qui viendra en effet vous prendre
avec un caroſſe, & qui vous conduira
chez elle, où vous me trouverez. N'en
êtes - vous pas d'accord, dites ? Et ne
voulez-vous pas bien auſſi, que, pour
vous encourager, pour vous prouver la
ſincerité de mes intentions ; (car je ne
veux pas que vous ayez le ſcrupule de
m'en croire totalement ſur ma parole :)
ne voulez-vous pas bien, dis-je, qu'en
attendant mieux, je vous apporte demain un petit Contrat de cinq-cens li-
vres de rente ? Parlez, ma belle enfant,
ſerez-vous prête demain ? Viendra-t-on ?
Oui, n'eſt - ce pas ?

D'abord, je ne répondis rien : une in-
dignité ſi declarée me confondoit, me
coupoit la parole ; & je reſtois immobi-
le, les yeux baiſſez, & mouillez de
larmes.

A quoi rêvez-vous donc, ma chere
Marianne ? me dit-il. Le tems nous
preſſe : la Dutour va rentrer. En eſt-ce
fait ? Parlerai-je ce ſoir à mon homme ?

A ces mots, revenant à moi, Ah !
Monſieur, m'écriai-je, on ne vous connoît donc pas ? Ce Religieux, qui m'a
menée

menée à vous, m'avoit dit que vous étiez un si honnête homme.

Mes pleurs & mes soupirs m'empêcherent d'en dire davantage. Eh! ma chere enfant, me répondit-il, quelle fausse idée vous faites-vous des choses? Hélas! lui-meme, s'il sçavoit mon amour, n'en seroit point si surpris que vous vous le figurez, & n'en estimeroit pas moins mon caractère. Il vous diroit, que ce sont-là de ces mouvemens involontaires, qui peuvent arriver aux plus honnêtes gens, aux plus pieux: il vous diroit, que, tout Religieux qu'il est, il n'oseroit pas jurer de s'en garantir; qu'il n'y a point de faute si pardonnable qu'une sensibilité comme la mienne. Ne vous en faites donc point un monstre, Marianne, ajouta-t-il en pliant imperceptiblement un genou devant moi; ne m'en croyez pas le cœur moins vrai, moins digne de votre confiance, parce que je l'ai tendre. Ceci ne touche point à la probité, je vous l'ai déja dit: c'est une foiblesse, & non pas un crime, & une foiblesse à laquelle les meilleurs cœurs sont les plus sujets; votre expérience vous l'apprendra. Ce Religieux, dites-vous, a prétendu vous adresser à un homme vertueux: aussi l'ail'ai-je été jufqu'ici, auffi le fuis-je encore; &, fi je l'étois moins, je ne vous aimerois peut-être pas. Ce font vos malheurs, & mes vertus naturelles, qui ont contribué au penchant que j'ai pour vous : c'eft pour avoir été généreux, pour vous avoir trop plaint, que je vous aime : & vous me le reprochez; vous, que d'autres aimeront, qui ne me vaudront pas; vous, qui le voudrez bien, fans que votre fortune y gagne: & vous me rebutez ; moi, par qui vous allez être quitte de toutes les langueurs, de tous les opprobres, qui menacent vos jours ; moi, dont la tendreffe (& je vous le dis fans en être plus fier) eft un préfent que le hazard vous fait ; moi, dont le Ciel, qui fe fert de tout, va fe fervir aujourd'hui pour changer votre fort.

Il en étoit-là de fon Difcours, quand le Ciel, qu'il ofoit, pour ainfi dire, faire fon complice, le punit fubitement par l'arrivée de Valville, qui, comme je l'ai déja marqué, connoiffoit Madame Dutour, & qui, de la boutique où il entra, paffa dans la falle où nous étions, & trouva mon homme dans la même pofture où deux ou trois heures auparavant l'avoit furpris Monfieur de Climal ; je veux dire à genoux devant moi , tenant ma main , qu'il baifoit , & que je m'efforçois de retirer : en un mot , la revanche étoit complette.

Je fus la prémiere à appercevoir Valville ; &, à un gefte d'étonnement que je fis, Monfieur de Climal retourna la tête, & le vit à fon tour.

Jugez de ce qu'il devint à cette vifion : elle le petrifia la bouche ouverte , elle le fixa dans fon attitude ; il étoit à genoux , il y refta : plus d'action , plus de préfence d'efprit , plus de parole : jamais hypocrite confondu ne fit moins myftere de fa honte , ne la laiffa contempler plus à l'aife , ne plia de meilleure grace fous le poids de fon iniquité , & n'avoua plus franchement qu'il étoit un miférable : j'ai beau appuyer là-deffus, je ne peindrois pas ce qui en étoit.

Pour moi, qui n'avois rien à me reprocher , il me femble que je fus plus fâchée qu'interdite de cet évenement ; & j'allois dire quelque chofe , quand Valville, qui avoit d'abord jetté un regard affez dédaigneux fur moi , & qui enfuite s'étoit mis froidement à contempler la confufion de fon oncle, me dit

dit d'un air tranquille & méprifant,
Voilà qui eft fort joli, Mademoifelle.
Adieu, Monfieur, je vous demande
pardon de mon indifcretion ; &, là-
deffus, il partit, en me lançant encore
un regard auffi cavalier que le prémier,
& au moment que Monfieur de Climal
fe rélevoit.

Que voulez-vous dire avec ce Voilà
qui eft joli? lui criai-je, en me levant
auffi avec précipitation: arrétez, Monfieur, arretez ; vous vous trompez,
vous me faites tort, vous ne me ren-
dez pas juftice.

J'eus beau crier, il ne revint point.
Courez donc après, Monfieur, dis-je
alors à l'oncle, qui, tout palpitant encore, & d'une main tremblante, ra-
menoit fon manteau fur fes épaules,
(car il en avoit un ;) courez donc,
Monfieur : voulez-vous que je fois la
victime de ceci? Que va-t-il penfer de
moi? Pour qui me prendra-t-il ? Mon
Dieu! que je fuis malheureufe!

Ce que je difois la larme à l'œil, &
fi outrée, que j'allois moi-même rappel-
ler le neveu qui étoit déja dans la rue.

Mais l'oncle, m'empéchant de paffer, Qu'allez-vous faire, me dit-il ?

 Reftez,

Reſtez, Mademoiſelle : ne vous inquié-
tez pas ; je ſçai la tournure qu'il faut
donner à ce qui vient d'arriver. Eſt-il
queſtion, d'ailleurs, de ce que penſe
un petit ſot, que vous ne verrez plus,
ſi vous voulez ?

Comment, s'il en eſt queſtion ? repris-je avec emportement ; lui, qui
connoît Madame Dutour, à qui il dira
ce qu'il en penſe ; lui, avec qui j'ai
eu un entretien de plus d'une heure,
& qui par conſequent me reconnoîtra,
Monſieur : ne peut-il pas me rencontrer tous les jours ? peut-être demain ? Ne me mépriſera-t-il pas ? Ne
me regardera-t-il pas comme une indigne, à cauſe de vous ; moi, qui ſuis
ſage, qui aimerois mieux mourir que
de ne pas l'être, qui ne poſſede rien
que ma ſageſſe, qu'on s'imaginera que
j'aurai perdue ? Non, Monſieur, je
ſuis déſolée, je ſuis au deſeſpoir de
vous connoître ; c'eſt le plus grand
malheur qui pouvoit m'arriver : laiſſez-
moi paſſer, je veux abſolument parler
à votre neveu, & lui dire à quelque
prix que ce ſoit mon innocence : il n'eſt
pas juſte, que vous vous menagiez à
mes dépens. Pourquoi contrefaire le
dévot,

dévot, si vous ne l'êtes pas? J'ai bien affaire de toutes ces Hypocrisies-là, moi.

Petite ingrate que vous êtes, me répondit-il en pâlissant, est-ce-là comme vous payez mes bienfaits? A propos de quoi parlez-vous de votre innocence? Où avez-vous pris qu'on songe à l'attaquer? Vous ai-je dit autre chose, si-non que j'avois quelque inclination pour vous, à la vérité, mais qu'en même tems je me la reprochois, que j'en étois fâché, que je m'en sentois humilié, que je la regardois comme une faute dont je m'accusois, & que je voulois l'effacer en la tournant à votre profit, sans rien exiger de vous qu'un peu de reconnoissance? Ne font-ce pas-là mes termes? & y a-t-il rien à tout cela, qui n'ait dû vous rendre mon procedé respectable?

Eh bien, Monsieur, lui dis-je, puisque ce sont-là vos desseins, & que vous avez tant de Religion, ne souffrez donc pas que cet accident-ci me fasse tort: menez-moi à votre neveu; allons tout à l'heure lui dire ce qui en est, pour empêcher qu'il ne juge mal, aussi-bien de vous, que de moi. Vous teniez ma main quand il est entré; je crois même

que

que vous la baifiez malgré moi ; vous étiez à genoux: comment voulez-vous qu'il prenne cela pour de la piété, & qu'il ne s'imagine pas que vous êtes mon Amant, & que je fuis votre Maî-treffe, à moins que vous ne vous don-niez la peine de le detromper? Il faut donc abfolument, que vous lui parliez, quand ce ne feroit qu'à caufe de moi: vous y êtes obligé, pour ma réputa-tion, & même pour ôter le fcandale; autrement ce feroit offenfer Dieu : & puis vous verrez, que j'ai le meilleur cœur du monde, qu'il n'y aura perfon-ne qui vous chérira, qui vous refpec-tera, tant que moi, ni qui foit née fi reconnoiffante : vous me ferez auffi tout le bien qu'il vous plaira, j'irai où vous voudrez, je vous obéirai en tout: je ferai trop heureufe, que vous pre-niez foin de moi, que vous ayiez la charité de ne me point abandonner; pourvû qu'à préfent vous ne faffiez plus myftere de cette charité, à laquelle je me foumets, & que, fans tarder da-vantage, vous veniez dire à Monfieur de Valville: Mon Neveu, vous ne de-vez point avoir mauvaife opinion de cette fille: c'eft une pauvre orpheline, que j'ai la bonté de fecourir en bon

Chré-

Chrétien que je fuis ; & fi tantôt j'ai fait femblant de ne la pas connoître chez vous, c'eft que je ne voulois pas qu'on fçût mon action pieufe. Voilà tout ce que je vous demande , Monfieur ; en vous priant de me pardonner les mots que j'ai dit fans attention, qui vous ont déplû , & que je réparerai par toute la foumiffion poffible : ainfi, dès que Madame Dutour fera rentrée, nous n'avons qu'à partir ; auffi - bien, quand vous n'iriez pas , je vous avertis que j'irai moi-même.

Allez, petite fille, allez, me répondit-il en homme fans pudeur, qui ne fe foucioit plus de mon eftime, & qui vouloit bien que je le méprifaffe autant qu'il méritoit : je ne vous crains point, vous n'êtes pas capable de me nuire ; & vous, qui me menacez , craignez à votre tour que je ne me fâche : entendez-vous ? Je ne vous en dis pas davantage ; mais, on fe répent quelquefois d'avoir trop parlé. Adieu , ne comptez plus fur moi , je retire mes charitez : il y a d'autres gens dans la peine , qui ont le cœur meilleur que vous, & à qui il eft jufte de donner la préférence. Il vous reftera encore de quoi vous reffouvenir de moi : vous

avez

avez des habits, du linge, & de l'argent, que je vous laisse.

Non, lui dis-je, ou plutôt lui criai-je, il ne me restera rien : car je prétens vous rendre tout ; & je commence par votre argent, que j'ai heureusement sur moi : le voici, ajoutai-je, en le jettant sur une table avec une action vive & rapide, qui exprimoit bien les mouvemens d'un jeune petit cœur, fier, vertueux, & insulté : il n'y a plus que l'habit & le linge, dont je vais tout-à-l'heure faire un paquet, que vous emporterez dans votre carosse, Monsieur ; & comme j'ai sur moi quelques-unes de ces hardes-là, dont j'ai autant d'horreur que de vous, je ne veux que le tems d'aller me deshabiller dans ma chambre, & je suis à vous dans l'instant : attendez-moi ; sinon, je vous promets de jetter le tout par la fenêtre.

Et pendant que je lui tenois ce discours, vous remarquerez que je détachois mes épingles, & que je me décoëffois, parce que la cornette que je portois venoit de lui ; de façon qu'en un moment elle fut ôtée, & que je restai nue-tête avec ces beaux cheveux, dont je vous ai parlé, & qui
me

me defcendoient jufqu'à la ceinture.

Ce fpectacle le démonta: j'étois dans un tranfport étourdi, qui ne ménageoit rien; j'élevois ma voix, j'étois échevelée; & le tout enfemble jettoit dans cette fcene un fracas, une indécence, qui l'alarmoit, & qui auroit pû dégénérer en avanie pour lui.

Je voulois le quitter, pour aller faire ce paquet dans ma chambre: il me retenoit à caufe de mon impétuofité, & balbutioit, avec des levres pâles, quelques mots que je n'écoutois point. Mais, rêvez-vous?.... à quoi bon ce bruit-là?.... quelle folie!..... mais laiffez donc...., prenez garde...... Madame Dutour arriva là-deffus.

Oh, oh, me dit-elle, en me voyant dans le defordre où j'étois. Eh! qu'eft-ce que c'eft que tout cela? Qu'eft-ce donc? Sainte Vierge, comme elle eft faite! A qui en a-t-elle, Monfieur? Où a-t-elle mis fa cornette? Je crois qu'elle eft à terre, Dieu me pardonne. Eh! mon Dieu! eft-ce qu'on l'a battue?

Ce qu'elle demandoit avec plus de bruit que nous n'en avions fait.

Non, non, dit Monfieur de Climal, qui fe hâta de répondre, avant que je

n'en

n'en vinſſe à une explication. Je vous dirai de quoi il eſt queſtion. Ce n'eſt qu'un mal-entendu de ſa part, qui m'a fâché, & qui ne me permet plus de rien faire pour elle : je vous payerai pour le peu de tems qu'elle a paſſé ici ; mais, de celui qu'elle y paſſera à préſent, je n'en répons plus.

Quoi ! lui dit Madame Dutour, d'un air inquiet, vous ne continuez pas la penſion de cette pauvre fille ! Eh ! comment voulez-vous donc que je la garde ?

Eh ! Madame, n'en ſoyez point en peine : je ne ſerai point à votre charge ; & Dieu me préſerve d'être à la ſienne, dis-je à mon tour, d'un fauteuil où je m'étois aſſiſe ſans ſçavoir ce que je faiſois, & où je pleurois ſans les regarder ni l'un ni l'autre. Quant à lui, il s'eſquivoit pendant que je parlois ainſi, & je reſtai ſeule tête-à-tête avec la Dutour, qui, toute déconfortée, croiſoit les mains d'étonnement, & diſoit, Quel charivari ! & puis s'aſſeyant, N'eſt-ce pas-là de la belle beſogne que vous avez faite, Marianne ? Plus d'argent, plus de penſion, plus d'entretien. Accommode-toi, te voilà ſur le pavé, n'eſt-ce pas ? Le beau coup d'état, la belle équipée! Oui! pleurez, à cette heure, pleurez: vous voilà bien avancée! Quelle tête à l'envers!

Eh! laiffez-moi, Madame, laiffez-moi, lui dis-je : vous parlez fans fçavoir de quoi il s'agit. Oui, je t'en répons, fans fçavoir; ne fçai-je pas que vous n'avez rien? N'eft-ce pas en fçavoir affez ? Qu'eft-ce qu'elle veut dire, avec fa fcience ? Demandez-moi où elle ira à préfent ? C'eft-là ce qui me chagrine, moi : je parle par amitié , & puis c'eft tout; car, fi j'avois le moyen de vous nourir, pardi on s'embarrafferoit beaucoup de Monfieur de Climal. Eh! merci de ma vie, je vous dirois, Ma fille , tu n'as rien; eh bien, moi, j'ai plus qu'il ne faut : va, laiffe-le aller , & ne t'inquiéte pas ; qui en a pour quatre, en a pour cinq. Mais, oui-da: on a beau avoir un bon cœur; on va bien loin avec cela, n'eft-ce pas ? Le tems eft mauvais, on ne vend rien, les loyers font chers ; & c'eft tout ce qu'on peut faire, que de vivre & d'attraper le bout de l'an : encore faut-il bien tirer pour y aller.

Soyez tranquille, lui répondis-je en jettant un foupir ; je vous affure que
j'en

j'en fortirai demain, à quelque prix que ce foit: je ne fuis pas fans argent, & je vous donnerai ce que vous voudrez pour la dépenfe que je ferai encore chez vous.

Quelle pitié! me répondit-elle. Eh! mais, Marianne, d'où eft-elle donc venue, cette miférable querelle? Je vous avois tant préché, tant recommandé, de ménager cet homme.

Ne m'en parlez plus, lui dis-je. C'eft un indigne: il vouloit que je vous quittaffe, & que j'allaffe loger loin d'ici chez un homme de fa connoiffance, qui, apparemment, ne vaut pas mieux que lui, & dont la femme devoit me venir prendre demain matin. Ainfi, quand je n'aurois pas rompu avec lui, quand j'aurois fait femblant de confentir à fes fentimens, comme vous le dites, je n'en aurois pas demeuré plus long-tems chez vous, Madame Dutour.

Ah! Ah! s'écria-t-elle. C'étoit donc-là fon intention? Vous retirer de chez moi, pour vous mettre en chambre avec quelque canaille. Ah, pardi, celle-là eft bonne! Voyez-vous ce vieux fou, ce vieux penard, avec fa mine d'Apôtre! A le voir, on le met-

troit

troit volontiers dans une niche ; &,
pourtant, il me fourboit auffi. Mais,
à propos de quoi, vous aller planter
ailleurs ? Eft-ce qu'il ne pouvoit pas
vous voir ici ? Qui eft-ce qui l'en empêchoit ? Il étoit le maître : il m'avoit
dit qu'il prenoit foin de vous, que c'é-
toit une bonne œuvre qu'il faifoit. Eh,
tant mieux, je l'avois pris au mot,
moi ; eft-ce qu'on trouble une bonne
œuvre ? Au contraire, on eft bien aife
d'y avoir part. Va-t-on éplucher fi
elle eft mauvaife ? Il n'y a que Dieu,
qui fçache la Confcience des gens, &
il veut qu'on penfe bien de fon pro-
chain. De quoi avoit-il peur ? Il n'a-
voit qu'à venir, & aller fon train. Dès
qu'il dit qu'il eft homme de bien, lui
aurois-je dit, Tu en as menti ? N'a-
vez-vous pas votre chambre ? Y aurois-je été voir ce qu'il vous difoit ?
Que lui falloit-il donc ? Je ne comprens pas la fantaifie qu'il a euë. Pourquoi vous changer de lieu ? dites-moi.

C'eft, repris-je négligemment, qu'il
ne vouloit pas que Monfieur de Valville, chez qui on m'a portée, & à
qui j'ai dit où je demeurois, vint me
voir ici. Ah ! nous y voilà ! dit-elle.
Oui, j'entens : vraiment, je ne m'é-
tonne

tonne pas. C'eſt que l'autre eſt ſon
neveu, qui n'auroit pas pris la bonne
œuvre pour argent comptant, & qui
lui auroit dit, Qu'eſt-ce que vous faites
de cette fille? Mais, eſt-ce qu'il eſt
venu, ce neveu? Il n'y a qu'un moment qu'il vient de ſortir, lui dis-je
ſans entrer dans un plus grand détail:
& c'eſt après qu'il a été parti, que
Monſieur de Climal s'eſt fâché de ce
que je refuſois de me retirer demain où
il me diſoit, & qu'il m'a reproché ce
que j'ai reçû de lui; ce qui a fait, que
j'ai voulu lui rendre le tout, même juſqu'à la cornette que j'avois, & que j'ai
ôtée.

Quel train que tout cela! s'écria-
t-elle? Allez, vous avez eu bien du
guignon, de vous laiſſer cheoir juſte-
ment auprès de la maiſon de ce Monſieur de Valville. Eh, mon Dieu!
Comment eſt-ce que le pied vous a
gliſſé? Ne faut-il pas prendre garde
où l'on marche, Marianne? Voyez ce
que c'eſt que d'être étourdie; & puis,
en ſecond lieu, pourquoi aller dire à
ce neveu où vous demeurez? Eſt-ce
qu'une fille donne ſon adreſſe à un homme? Et ne ſçauroit-on avoir le pied
foulé, ſans dire où on loge? Car, il
n'y

n'y a que cela qui vous nuit aujourd'hui.

Je ne faifois pas grande attention à ce qu'elle me difoit, & ne lui répondois même que par complaifance.

Enfin, ma fille, continua-t-elle, de remede, je n'y en vois point : voyez, avifez - vous ; car, après ce qui eft arrivé, il faut bien prendre votre parti, & le plûtôt fera le mieux. Je ne veux point d'efclandre dans ma maifon ; ni moi, ni Toinon, n'en avons que faire : je fçai bien que ce n'eft pas votre faute ; mais, il n'importe. On prend tout à rebours dans ce monde : chacun juge ; & ne fçait ce qu'il dit. Les caquets viennent. Eh ! qui eft - il ? & qui eft - elle ? & où eft-ce que ce n'eft pas ? Cela n'eft pas agréable : fans compter, que nous ne vous fommes de rien, ni vous de rien à nous : pour une parente , pour la moindre petite coufine, encore paffe ; mais, vous ne l'ëtes, ni de près, ni de loin, ni à nous, ni à perfonne.

Vous m'affligez , Madame, lui repartis-je vivement : ne vous ai-je pas dit que je m'en irois demain. Eft - ce que vous voulez que je m'en aille aujourd'hui ? Ce fera comme il vous plaira. Non,

Non , ma fille , non , me répondit-
elle : j'entens raison, je ne fuis pas une
femme fi étrange ; & fi vous fçaviez
la pitié que vous me faites, affurément
vous ne vous plaindriez pas de moi.
Non, vous coucherez ici , vous y fou-
perez ; ce qu'il y aura, nous le mange-
rons : de votre argent , je n'en veux
point ; & , fi par hazard il y a occafion de vous rendre quelque fervice par
le moyen de mes connoiffances , ne
m'épargnez pas. Au furplus, je vous
confeille une chofe, c'eft de vous défaire de cette robe que Monfieur de
Climal vous a donnée : vous ne pour-
riez plus honnétement la porter à cette
heure que vous allez être pauvre &
fans reffource ; elle feroit trop belle
pour vous , auffi-bien que ce linge fi
fin, qui ne ferviroit qu'à faire demander où vous l'avez pris. Croyez-moi ,
quand on eft gentille & à votre âge,
pauvreté & bravoure n'ont pas bon air
enfemble ; on ne fçait qu'en dire : ainfi, point d'ajuftement ; c'eft mon avis.
Ne gardez que les hardes que vous
aviez quand vous étes entrée ici , &
vendez le refte ; je vous l'acheterai méme , fi vous voulez : non pas que je
m'en foucie beaucoup ; mais, j'avois
des-

deſſein de m'habiller , &, pour vous faire plaiſir , tenez , je m'accommoderai de votre robe. Je ſuis un peu plus groſſe que vous ; mais , vous étes un peu plus grande : & comme elle eſt ample , j'ajuſterai cela , je tâcherai qu'elle me ſerve. A l'égard du linge , ou je vous le payerai , ou je vous en donnerai d'autre.

Non , Madame , lui dis-je froidement : je ne vendrai rien , parce que j'ai réſolu, & même promis, de remettre tout à Monſieur de Climal.

A lui! reprit-elle. Vous êtes donc folle? Je lui remettrois comme je danſe ; pas plus à lui qu'à Jean de Verd: il n'en verroit pas ſeulement une rognure , ni petite , ni groſſe. Vous vous moquez. N'eſt-ce pas une aumône qu'il vous a faite ? & ce qu'on a remis, ſçavez-vous bien qu'on ne l'a plus, ma fille ?

Elle n'en ſeroit pas reſtée-là ſans doute, & ſe ſeroit efforcée , quoiqu'inutilement, de me convertir là-deſſus, ſans une vieille femme, qui arriva, & qui avoit affaire à elle; &, dès qu'elle m'eût quittée , je montai dans notre chambre : je dis la notre , parce que je la partageois avec Toinon.

De mes sentimens à l'égard de Monsieur de Climal, je ne vous en parlerai plus : je n'aurois pû tenir à lui que par de la reconnoissance ; il n'en méritoit plus de ma part : je le détestois, je le regardois comme un monstre ; & ce monstre m'étoit indifférent, je n'avois point de regret que c'en fût un. Il étoit bien arrêté, que je lui rendrois ses présens, & que je ne le reverrois jamais : cela me suffisoit ; & je ne songeai presque plus à lui. Voyons ce que je fis dans ma chambre.

L'objet, qui m'occupa d'abord, vous allez croire que ce fut la malheureuse situation où je restois : non, cette situation ne regardoit que ma vie ; & ce qui m'occupa me regardoit, moi.

Vous direz que je rêve, de distinguer cela. Point du tout : notre vie, pour ainsi dire, nous est moins chere que nous, que nos passions. A voir quelquefois ce qui se passe dans notre instinct là-dessus, on diroit que, pour être, il n'est pas nécessaire de vivre ; que ce n'est que par accident que nous vivons, mais que c'est naturellement que nous sommes : on diroit que, lorsqu'un homme se tue, par exemple, il ne quitte la vie, que pour se sauver,

que

que pour fe débaraffer d'une chofe in-
commode ; ce n'eft pas de lui dont il
ne veut plus, mais bien du fardeau
qu'il porte.

Je n'allonge mon Récit de cette Réflexion, que pour juftifier ce que je
vous difois, qui eft que je penfai à un
Article qui m'intéreffoit plus que mon
état; & cet Article, c'étoit Valville,
autrement dit, les affaires de mon cœur.

Vous vous reffouvenez, que ce neveu, en me furprenant avec Monfieur
de Climal, m'avoit dit, Voilà qui eft
joli, Mademoifelle ; & ce neveu, vous
fçavez que je l'aimois : jugez combien
ce petit difcours devoit m'être fenfi-
ble.

Prémierement, j'avois de la vertu :
Valville étoit mon Amant. Un A-
mant, Madame, ah! qu'on le hait en
pareil cas! Mais, qu'il eft douloureux
de le haïr ! Et puis, fans doute qu'il
ne m'aimeroit plus. Ah, l'indigne !
Oui. Mais, avoit-il tant de tort? Ce
Climal eft un homme âgé, un homme
riche, il le voit à genoux devant moi,
je lui ai caché que je le connoiffois,
& je fuis pauvre. A quoi cela reffem-
ble-t-il ? Quelle opinion peut-il avoir
de moi, après cela? Qu'ai-je à lui re-

pro-

procher ? S'il m'aime , il eſt naturel qu'il me croye coupable , il a dû me dire ce qu'il m'a dit , & il eſt bien fâcheux pour lui, d'avoir eu tant d'eſtime & de penchant pour une fille qu'il eſt obligé de mépriſer..... Oui ; mais, enfin , il me mépriſe donc actuellement, il m'accuſe de tout ce qu'il y a de plus affreux, il n'a pas héſité un inſtant à me condamner , pas ſeulement attendu qu'il m'eût parlé : & je pourrois excuſer cet homme-là ! j'aurois encore le courage de le voir ! Il faudroit que je fuſſe bien lâche, que j'euſſe bien peu de cœur. Qu'il eût des ſoupçons , qu'il fût en colere , qu'il fût outré , à la bonne heure : mais, du mépris, du dédain, des outrages ; mais, s'en aller, voir que je le rappelle , & ne pas revenir , lui qui m'aimoit, & qui ne m'aime plus apparemment ; ah ! j'ai bien autre choſe à faire qu'à ſonger à un homme, qui ſe trompe ſi indignement , qui me connoît ſi mal ! Qu'il devienne ce qu'il voudra : l'oncle eſt parti, laiſſons-là le neveu ; l'un eſt un miſérable ; & l'autre croit que j'en ſuis une : ne ſont-ce pas-là des gens bien regretables ?

Mais , à propos , j'ai un paquet à
faire ,

faire, dis-je encore en moi-même, en me levant d'un fauteuil où j'avois fait tout le foliloque que je viens de rapporter : à quoi eft-ce que je m'amufe? Puifque je fors demain, il faut renvoyer ces hardes aujourd'hui, auffi-bien que l'argent que ces jours paffez m'a donné Climal; (lequel argent étoit refté fur la table où je l'avois jetté, & Madame Dutour me l'avoit par force remis dans ma poche.)

Là-deffus, j'ouvris ma caffette, pour y prendre d'abord le linge nouvellement acheté. Oui, Monfieur de Valville ; oui, difois-je en le tirant, vous apprendrez à me connoître, à penfer de moi comme vous le devez ; & cette idée me flatoit : de forte que, fans y fonger, c'étoit plus à lui qu'à fon oncle, que je rendois le tout, d'autant plus que le renvoi du linge, de la robe, & de l'argent, joint à un billet que j'écrirois, ne manqueroit pas de defabufer Valville, & de lui faire regreter ma perte.

Il m'avoit paru avoir l'ame généreufe, & je m'applaudiffois d'avance de la douleur qu'il auroit d'avoir outragé une fille auffi refpectable que moi ; car, je me voyois confufément je ne fçais

com-

combien de titres pour être respectée.

Prémierement, j'avois mon infortune, qui étoit unique : avec cette infortune, j'avois de la vertu, & elles alloient si bien ensemble ; & puis j'étois belle : que voulez-vous de plus ? Quand je me serois faite exprès pour être attendrissante, pour faire soupirer un Amant généreux de m'avoir maltraitée, je n'aurois pû y mieux réussir ; & , pourvû que j'affligeasse Valville, j'étois content : eaprès quoi, je ne voulois plus entendre parler de lui. Mon petit plan étoit de ne le voir de ma vie : ce que je trouvois aussi très-beau à moi, & très-fier ; car, je l'aimois, & j'étois même bien aise de l'aimer, parce qu'il s'étoit apperçû de mon amour, & que me voyant, malgré cela, rompre avec lui , il en verroit mieux à quel cœur il avoit eu affaire.

Cependant, le paquet s'avançoit ; & ce qui va vous rejouir, c'est qu'au milieu de ces idées si hautes & si courageuses, je ne laissois pas , chemin faisant, que de considerer ce linge, en le pliant, & de dire en moi-même, (mais si bas, qu'à peine m'entendois-je) il est pourtant bien choisi ; ce qui signifioit, c'est dommage de le quitter.

Petit

Petit regret, qui deshonoroit un peu
la fierté de mon dépit: mais, que voulez - vous ? Je me ferois parée de ce
linge que je renvoyois, & les grandes
actions font difficiles, quelque plaifir
qu'on y prenne ; on fe paſſeroit bien
de les faire: il y auroit plus de douceur
à les laiſſer-là. Soit dit en badinant, à
mon égard: mais, en général, il faut
fe redreſſer pour être grand : il n'y a
qu'à refter comme on eft, pour etre
petit: revenons.

Il n'y avoit plus que ma cornette à
plier ; &, comme en entrant dans la
chambre je l'avois mife fur un fiége
près de la porte, je l'oubliois: une fille de mon âge, qui va perdre fa parure, peut avoir des diftractions.

Je ne fongeois donc plus qu'à ma robe, qu'il falloit empaqueter auffi : je
dis celle que m'avoit donnée Monfieur
de Climal: & comme je l'avois fur
moi, & qu'apparemment je reculois à
l'ôter, n'y a-t-il plus rien à mettre, difois-je, eft-ce-là tout? Non, il y a encore l'argent ; & cet argent, je le ti-
rai fans aucune peine: je n'étois point
avare ; je n'étois que vaine : & voilà
pourquoi le courage ne me manquoit
que fur la robe.

A la fin , pourtant, il ne reſtoit plus
qu'elle ; comment ferai-je ? Allons : a-
vant que d'ôter celle-ci , commençons
par détacher l'autre , ajoutai-je , toujours pour gagner du tems ſans doute ;
& cette autre, c'étoit la vieille, dont
je parlois , & que je voyois accrochée
à la tapiſſerie.

Je me levai donc, pour l'aller prendre ; &, dans le trajet , qui n'étoit
que de deux pas , ce cœur ſi fier s'a-
molit : mes yeux ſe mouillerent, je ne
ſçai comment ; & je fis un grand ſou-
pir , ou pour moi , ou pour Valville,
ou pour la belle robe : je ne ſçai pour
lequel des trois.

Ce qui eſt de certain , c'eſt que je
décrochai l'ancienne , & qu'en ſoupi-
rant encore je me laiſſai triſtement aller ſur un ſiége, pour y dire , Que je
ſuis malheureuſe ! Eh ! mon Dieu !
pourquoi m'avez-vous ôté mon pere &
ma mere ?

Peut-être n'étoit-ce pas - là ce que je
voulois dire , & ne parlois-je de mes
parens , que pour rendre le ſujet de
mon affliction plus honnête : car, quelquefois on eſt glorieux avec ſoi-même ;
on fait des lâchetez, qu'on ne veut pas
ſçavoir , & qu'on ſe déguiſe ſous d'autres

tres noms : ainfi , peut-être ne pleu-
rois-je , qu'à caufe de mes hardes.
Quoi qu'il en foit, après ce court mo-
nologue , qui , malgré que j'en euffe ,
auroit fini par me deshabiller , j'allai par
hazard jetter les yeux fur ma cornette ,
qui étoit à côté de moi.

Bon , dis-je alors , je croyois avoir
tout mis dans le paquet , & la voilà
encore : je ne fonge pas feulement à
en tirer une de ma caffette , pour me
recoëffer ; & je fuis nuë-tête : quelle
peine que tout cela ! & puis , paffant
infenfiblement d'une idée à une autre ,
mon Religieux me revint dans l'efprit.
Hélas ! le pauvre homme , me dis-je ,
il fera bien étonné , quand il fçaura
tout ceci.

Et, tout de fuite, je penfai, que je
devois l'aller voir : qu'il n'y avoit point
de tems à perdre ; que c'étoit le plus
preffé , à caufe de ma fituation ; que
je renverrois bien le paquet le lendemain. Pardi , je fuis bien fotte , de
m'inquiéter tant aujourd'hui de ces vilaines hardes , (je difois vilaines , pour
me faire accroire que je ne les aimois
pas :) il vaut encore mieux les envoyer
demain matin. Valville fera chez lui
alors ; il n'y a pas d'apparence qu'il

D 5

y foit

y ſoit à preſent : laiſſons-là le paquet ;
je l'acheverai tantôt, quand je ſerai
revenuë de chez ce Religieux. Mon
pied ne me fait preſque plus de mal :
j'irai bien tout doucement juſqu'à ſon
Couvent, que vous remarquerez qu'il
m'avoit enſeigné, la derniere fois qu'il
étoit venu me voir.

Oui ; mais, quelle cornette mettrai-
je ? quelle cornette ? Eh ! celle que
j'avois ôtée, & qui étoit à côté
de moi ! c'étoit bien la peine d'aller
fouiller dans ma caſſette pour en tirer
une autre, puiſque j'avois celle-ci toute prête.

Et, d'ailleurs, comme elle valoit
beaucoup plus que la mienne, il étoit
méme à propos que je m'en ſerviſſe,
afin de la montrer à ce Religieux qui
jugeroit, en la voyant, que celui, qui
me l'avoit donnée, y avoit entendu fi-
neſſe, & que ce ne pouvoit pas être
par charité qu'on en achetât de ſi belles ; car, j'avois deſſein de conter toute mon Avanture à ce bon Moine, qui
m'avoit paru un vrai homme de bien :
or, cette cornette ſeroit une preuve
ſenſible de ce que je lui dirois.

Et la robe que j'avois ſur moi ; eh,
vraiment, il ne falloit pas l'ôter non
plus :

plus : il eſt néceſſaire qu'il la voye ;
elle ſera une preuve encore plus forte.

Je la gardai donc, & ſans ſcrupule ;
j'y étois autoriſée par la raiſon même :
l'art imperceptible de mes petits rai-
ſonnemens m'avoit conduit juſques-là ;
& je repris courage juſqu'à nouvel
ordre.

Allons, recoëffons-nous ; ce qui
fut bientôt fait, & je deſcendis pour
ſortir.

Madame Dutour étoit en bas avec
ſa voiſine. Où allez-vous, Marianne ?
me dit-elle. A l'Egliſe, lui répondis-je ;
& je ne mentois preſque pas : une E-
gliſe, & un Couvent, ſont à peu près
la même choſe. Tant mieux ; ma fille, reprit-elle, tant mieux, recom-
mandez-vous à la ſainte Volonté de
Dieu : nous parlions de vous, ma voiſine & moi ; je lui diſois, que je ferai
dire demain une Meſſe à votre intention.

Et, pendant qu'elle me tenoit ce
diſcours, cette voiſine, qui m'avoit
déja vûë deux ou trois fois, & qui juſques-là ne m'avoit pas trop regardée,
ouvroit alors les yeux ſur moi, me
conſideroit avec une curioſité populaire,
dont de tems en tems le réſultat étoit

de

de lever les épaules, & de dire, **La pauvre enfant ! Cela fait compassion !** A la voir, il n'y a personne qui ne croye que c'est une fille de famille : façon de s'attendrir, qui n'étoit, ni de mon goût, ni intéressante : aussi n'en remerciai-je pas, & je quittai bien vîte mes deux commeres.

Depuis le départ de Monsieur de Climal jusqu'à ce moment où je sortis, je n'avois, à vrai dire, pensé à rien de raisonnable : je ne m'étois amusée qu'à méprifer Climal, qu'à me plaindre de Valville, qu'à l'aimer, qu'à méditer des projets de tendresse & de fierté contre lui, & qu'à regretter mes hardes : & de mon état, pas un mot ; il n'en avoit pas été question, je n'y avois pas pris garde.

Mais, le fracas des rües écarta toutes ces idées frivoles, & me fit rentrer en moi-même.

Plus je voyois de monde & de mouvemens dans cette prodigieuse Ville de Paris, plus j'y trouvois de silence & de solitude pour moi : une forêt m'auroit paru moins déserte ; je m'y serois sentie moins seule, moins égarée. De cette forêt j'aurois pû m'en tirer ; mais, comment sortir du desert où je me trouvois ?

vois? Tout l'Univers en étoit un pour moi, puifque je n'y tenois par aucun lien à perfonne.

La foule de ces hommes, qui m'entouroient, qui fe parloient ; le bruit qu'ils faifoient, celui des équipages, la vûë même de tant de maifons habitées, tout cela ne fervoit qu'à me confterner davantage.

Rien de tout ce que je vois ici ne me concerne, me difois-je : &, un moment après, que ces gens-là font heureux ! difois-je. Chacun d'eux a fa place, & fon azile : la nuit viendra, & ils ne feront plus ici, ils feront retirez chez eux : & moi, je ne fçai où aller, on ne m'attend nulle part, perfonne ne s'appercevra que je lui manque ; je n'ai du moins plus de retraite que pour aujourd'hui, & je n'en aurai plus demain.

C'étoit pourtant trop dire, puifqu'il me reftoit encore quelque argent, &, qu'en attendant que le Ciel me fecourût, je pouvois me mettre dans une chambre ; mais, qui n'a de retraite, que pour quelques jours, peut bien dire qu'il n'en a point.

Je vous rapporte à peu près tout ce qui me paffoit dans l'efprit en marchant.

Je

Je ne pleurois pourtant point alors, & je n'en étois pas mieux. Je recueillois de quoi pleurer : mon ame s'inftruifoit de tout ce qui pouvoit l'affliger, elle fe mettoit au fait de fes malheurs ; & ce n'eft pas-là l'heure des larmes : on n'en verfe, qu'après que la trifteffe eft prife, & prefque jamais pendant qu'on la prend ; auffi pleurerai-je bientôt : fuivez-moi chez mon Religieux ; j'ai le cœur ferré : je fuis auffi parée que je l'étois ce matin ; mais, je n'y fonge pas, ou fi j'y fonge, je n'y prens plus de plaifir. Nombre de perfonnes me regardent en paffant ; je le remarque fans m'en applaudir : j'entens quelquefois dire à d'autres, Voilà une belle fille ; & ce difcours m'oblige fans me réjouir : je n'ai pas la force de me prêter à la douceur que j'y fens.

Quelquefois auffi je penfe à Valville : mais, c'eft pour me dire qu'il feroit ridicule d'y penfer davantage ; &, en effet, ma fituation décourage le penchant que j'ai pour lui.

C'eft bien à moi à avoir de l'amour, il auroit bonne grace, il feroit bien placé dans une auffi malheureufe créature que moi, qui erre inconnuë fur la terre, où j'ai la honte de vivre, pour

y être

y être l'objet, ou du rebut, ou de la compaſſion des autres.

J'arrive enfin dans un abattement que je ne ſçaurois exprimer, je demande le Religieux, & on me mene dans une ſalle en dehors, où l'on me dit qu'il eſt avec une autre perſonne ; & cette perſonne, Madame, admirez ce coup de hazard, c'eſt Monſieur de Climal, qui rougit & pâlit tour-à-tour en me voyant, & ſur lequel je ne jettai non plus les yeux que ſi je ne l'avois jamais vû.

Ah! C'eſt vous, Mademoiſelle, me dit le Religieux. Approchez, je ſuis bien aiſe que vous arriviez dans ce moment : c'eſt de vous dont nous nous entretenons ; mettez-vous-là.

Non, mon Pere, reprit auſſi-tôt Monſieur de Climal en prenant congé du Religieux ; ſouffrez que je vous quitte : après ce qui eſt arrivé, il ſeroit indécent que je reſtaſſe. Ce n'eſt pas aſſurément, que je ſois fâché contre Mademoiſelle ; le Ciel m'en préſerve : je lui pardonne de tout mon cœur ; &, bien loin de me reſſentir de ce qu'elle a penſé de moi, je vous jure, mon Pere, que je lui veux plus de bien que jamais, & que je rends graces à Dieu de la mortification que j'ai essuyée dans l'exercice de ma charité pour elle : mais, je crois que la prudence, & la religion même, ne me permettent plus de la voir.

Et, cela dit, mon homme salua le Pere, &, qui pis est, me salua moi-même, les yeux modestement baissez, pendant que de mon côté je baissois la tête : & il alloit se retirer, quand le Religieux l'arrêtant par le bras : Non, mon cher Monsieur, non, lui dit-il, ne vous en allez pas, je vous conjure ; écoutez-moi. Oui, vos dispositions sont très-louables, très-édifiantes : vous lui pardonnez, vous lui souhaitez du bien ; voilà qui est à merveille : mais, remarquez, que vous ne vous proposez plus de lui en faire, que vous l'abandonnez malgré le besoin qu'elle a de votre secours, malgré son offense qui rendroit ce secours si méritoire, malgré cette charité, que vous croyez encore sentir pour elle, & que vous vous dispensez pourtant d'exercer : prenez-y garde, craignez qu'elle ne soit éteinte. Vous remerciez Dieu, dites-vous, de la petite mortification qu'il vous a envoyée. Eh bien, voulez-vous la mériter, cette mortification, qui est en

effet

effet une faveur ? Voulez-vous en être vraiment digne ? Redoublez vos foins pour cette pauvre enfant orpheline ; qui reconnoîtra fa faute, qui d'ailleurs eft jeune, fans expérience, à qui on aura peut-être dit qu'elle avoit quelques agrémens, & qui, par vanité, par timidité, par vertu même, aura pû fe tromper à votre égard. N'eft-il pas vrai, ma fille ? Ne fentez-vous pas le tort que vous avez eu avec Monfieur, à qui vous devez tant, & qui, bien loin de vous regarder autrement que felon Dieu, n'a voulu, par les faintes affections qu'il vous a témoignées, par fes douces & pieufes invitations, que vous engager vous-même à fuir ce qui pouvoit vous égarer ? Dieu foit beni mille fois de vous avoir aujourd'hui conduite ici ! C'eft à vous, à qui il la ramene, mon cher Monfieur ; vous le voyez bien. Allons, ma fille, avouëz votre faute : repentez - vous - en dans l'abondance de votre cœur ; & promettez de la reparer, à force de refpect, de confiance, & de reconnoiffance. Avancez, ajouta-t-il, parce que je me tenois éloignée de Monfieur de Climal.

Eh ! Monfieur, m'écriai-je alors, en adreffant la parole à ce faux Dévot, eſt-ce que c'eſt moi qui ai tort? Comment pouvez-vous me l'entendre dire? Helas! Dieu ſçait tout; qu'il nous rende juſtice : je n'ai pû m'y tromper; vous le ſçavez bien auſſi : & je fondis en larmes, en finiſſant ce diſcours.

Monſieur de Climal , tout intrépide tartuffe qu'il étoit, ne put le ſoutenir. Je vis l'embarras ſe peindre ſur ſon viſage ; il ne put pas même le diſſimuler : &, dans la crainte que le Religieux ne le remarquât, & n'en conçût quelque ſoupçon contre lui, il prit ſon parti en habile homme ; ce fut de paroître naïvement embarraſſé , & d'avouër qu'il l'étoit.

Ceci me déconcerte , dit-il avec un air de confuſion pudique: je ne ſçai que répondre. Quelle avanie ! Ah! mon Pere , aidez-moi à ſupporter cette épreuve. Cela va ſe répandre : cette pauvre enfant le dira par-tout; elle ne m'épargnera pas. Helas ! ma fille , vous ſerez pourtant bien injuſte ; mais, Dieu le veut. Adieu , mon Pere : parlez-lui; tâchez de lui ôter cette idée-là, s'il eſt poſſible. Il eſt vrai, que je lui ai marqué de la tendreſſe: elle ne l'a pas compriſe ; c'étoit ſon ame, que j'aimois, que j'aime encore, & qui
méri-

mérite d'être aimée. Oui, mon Pere, Mademoiselle a de la vertu : je lui ai découvert mille qualitez, & je vous la recommande, puisqu'il n'y a pas moyen de me mêler de ce qui la regarde.

Après ces mots, il se retira, & ne salua cette fois-ci que le Religieux, qui, en lui rendant son salut, avoit l'air incertain de ce qu'il devoit faire, qui le conduisit des yeux jusqu'à sa sortie de la salle, & qui, se retournant ensuite de mon côté, me dit presque la larme à l'œil: Ma fille, vous me fâchez: je ne suis point content de vous; vous n'avez, ni docilité, ni reconnoissance : vous n'en croyez que votre petite tête ; & voilà ce qui en arrive. Ah ! l'honnête homme ! quelle perte vous faites! Que me demandez-vous à présent? Il est inutile de vous adresser à moi davantage, très-inutile. Quel service voulez-vous que je vous rende ? J'ai fait ce que j'ai pû : si vous n'en avez pas profité, ce n'est pas ma faute, ni celle de cet homme de bien, que je vous avois trouvé, & qui vous a traitée comme si vous aviez été sa propre fille; car, il m'a tout dit, habits, linge, argent: il vous a fourni de tout, vous payoit une pension, al-

loit

loit vous la payer encore, & avoit même deſſein de vous établir, à ce qu'il m'a aſſuré ; &, parce qu'il n'approuve pas que vous voyiez ſon neveu, qui eſt un jeune homme étourdi & débauché, parce qu'il veut vous mettre à l'abri d'une connoiſſance qui vous eſt très-dangereuſe, & que vous avez envie d'entretenir, vous vous imaginez par dépit, qu'un homme ſi pieux & ſi vertueux vous aime, & qu'il eſt jaloux. Cela n'eſt-il pas bien étrange, bien épouvantable ? Lui jaloux ! lui vous aimer ! Dieu vous punira de cette penſée-là, ma fille : vous ne l'avez priſe que dans la malice de votre cœur ; & Dieu vous en punira, vous dis-je.

Je pleurois pendant qu'il parloit : Ecoutez-moi, mon Pere, lui repartis-je en ſanglotant ; de grace, écoutez-moi.

Eh bien, que me direz-vous, répondit-il. Qu'aviez-vous affaire de ce jeune homme ? pourquoi vous obſtiner à le voir ? Quelle conduite ! Paſſe encore pour cette folie-là pourtant ; mais, porter la mauvaiſe humeur & la rancune juſqu'à être ingrate & méchante envers un homme reſpectable, & à qui vous devez tant ! Que deviendrez-vous avec

avec de pareils défauts ; quel malheur, qu'un esprit comme le votre! Oh! en vérité, votre procedé me scandalise : voyez, vous voilà d'une propreté admirable ; qui est-ce qui diroit que vous n'avez point de parens ? &, quand vous en auriez, & qu'ils feroient riches, feriez-vous mieux accommodée que vous l'êtes ? peut-être pas si bien ; & tout cela vient de lui, apparemment. Seigneur ! que je vous plains ! il ne vous a rien épargné....... Eh! mon Pere, vous avez raison, m'écriai-je encore une fois ; mais, ne me condamnez pas fans m'entendre : je ne connois point son neveu; je ne l'ai vû qu'une fois par hazard, & ne me soucie point de le revoir, je n'y fonge pas : quelle liaison aurois-je avec lui? Je ne fuis point folle, & Monfieur de Climal vous abufe : ce n'eft point à caufe de cela, que je romps avec lui; ne vous prévenez point. Vous parlez de mes hardes : elles ne font que trop belles ; j'en ai été étonnée, & elles vous furprennent vous-même. Tenez, mon Fere, approchez, confiderez la fineffe de ce linge ; je ne le voulois pas si fin, au moins ; j'avois de la peine à le prendre, fur-tout à caufe des manieres qu'il

                              avoit

avoit euës avec moi auparavant : mais, j'ai eu beau lui dire, Je n'en veux point ; il s'est moqué de moi, & m'a toujours répondu, Allez vous regarder dans un miroir, & voyez après si ce linge est trop beau pour vous. Oh ! à ma place, qu'auriez-vous pensé de ce discours-là, mon Pere ? Dites la vérité, si Monsieur de Climal est si dévot, si vertueux, qu'a-t-il besoin de prendre garde à mon visage ? Que je l'aye beau ou laid, de quoi s'embarasse-t-il ? D'où vient aussi, qu'en badinant, il m'a appellée fripone dans son carosse, en m'ajoutant à l'oreille, d'avoir le cœur plus facile, & qu'il me laissoit le sien pour m'y encourager ? Qu'est-ce que cela signifie ? Quand on n'est que pieux, parle-t-on du cœur d'une fille, & lui laisse-t-on le sien ? lui donne-t-on des baisers comme il a encore tâché de m'en donner un dans ce carosse ?

Un baiser ! ma fille, reprit le Religieux, un baiser ! Vous n'y songez pas. Comment donc ? Scavez-vous bien, qu'il ne faut jamais dire cela, parce que cela n'est point ? Qui est-ce qui vous croira ? Allez, ma fille, vous vous trompez : il n'en est rien, il n'est pas possible. Un baiser ! quelle vision !

ce

ce pauvre homme ! C'eſt qu'on eſt ca-
hoté dans un caroſſe, & que quelque
mouvement lui aura fait pancher ſa
téte ſur la votre. Voilà tout ce que ce
peut étre, & ce que dans votre chagrin contre lui vous aurez pris pour un
baiſer. Quand on hait les gens, on
voit tout de travers à leur égard.

Eh ! mon Pere, en vertu de quoi
l'aurois-je haï alors ? répondis-je. Je
n'avois point encore vû ſon neveu,
qui eſt, dit-il, la cauſe que je ſuis fâchée contre lui ; je ne l'avois point
vû : & puis, ſi je m'étois trompée ſur
ce baiſer que vous ne croyez point,
Monſieur de Climal dans la ſuite ne
m'auroit pas confirmée dans ma penſée : il n'auroit pas recommencé chez
Madame Dutour, ni tant manié, tant
loué, mes cheveux dans ma chambre,
où il étoit toujours à me tenir la main,
qu'il approchoit à chaque inſtant de ſa
bouche, en me faiſant des complimens
dont j'étois toute honteuſe.

Mais.... mais, que me venez-vous
conter, Mademoiſelle ? Doucement
donc, doucement, me dit-il d'un air
plus ſurpris qu'incrédule. Des cheveux, qu'il touchoit, qu'il louoit ! Monſieur de Climal ! lui ! Je n'y comprens

E 4

rien:

rien : à quoi rêvoit - il donc ? Il eſt vrai qu'il auroit pû ſe paſſer de ces façons - là. Ce ſont de ces diſtractions, qui ne ſont pas convenables, je l'avouë ; on ne touche point aux cheveux d'une fille, il ne ſçavoit ce qu'il faiſoit : mais, n'importe, c'eſt un geſte qui ne vaut rien. Et ma main, qu'il portoit à ſa bouche, répondis - je, mon Pere, eſt-ce encore une diſtraction ?

Oh ! votre main, reprit - il, votre main, je ne ſçais pas ce que c'eſt. Il y a mille gens, qui vous prennent par la main quand ils vous parlent ; & c'eſt peut - être une habitude qu'il a auſſi. Je ſuis ſûr qu'à moi - même il m'eſt arrivé mille fois d'en faire autant.

A la bonne heure, mon Pere, repris - je ; mais, quand vous prenez la main d'une fille, vous ne la baiſez pas je ne ſçais combien de fois ; vous ne lui dites pas qu'elle l'a belle ; vous ne vous mettez pas à genoux devant elle, en lui parlant d'amour.

Ah ! mon Dieu ! s'écria - t - il. Ah ! mon Dieu ! petite langue de ſerpent que vous êtes, taiſez - vous : ce que vous dites eſt horrible ; c'eſt le Demon qui vous inſpire : oui, le Demon. Retirez - vous, allez - vous - en : je ne vous

écou-

écoute plus, je ne crois plus rien, ni les cheveux, ni la main, ni les dif-cours; fauffetez que tout cela. Laif-fez - moi. Ah! la dangereufe petite Créature!. Elle me fait frayeur. Voyez ce que c'eft! Dire que Monfieur de Climal, qui mene une vie toute péni-tente, qui eft un homme tout en Dieu, s'eft mis à genoux devant elle, pour lui tenir des propos d'amour! Ah! Seigneur! où en fommes - nous!

Ce qu'il difoit, joignant les mains, en homme épouvanté de mon difcours, & qui éloignoit tant qu'il pouvoit une pareille idée, dans la crainte d'être tenté d'examiner la chofe.

En vérité, mon Pere, lui répondis-je toute en larmes, & excédée de fa prévention, vous me traitez bien mal; & il eft bien affligeant pour moi de ne trouver que des injures où je ve-nois chercher de la confolation & du fecours. Vous avez connu la perfonne qui m'a amenée à Paris, & qui m'a é-levée: vous m'avez dit vous - même, que vous l'eftimiez beaucoup, que fa vertu vous avoit édifié: c'eft à vous, qu'elle s'eft confeffée à fa mort; elle ne vous aura pas parlé contre fa con-fcience, & vous fçavez ce qu'elle vous

E 5

a dit

a dit de moi : vous pouvez vous en reſſouvenir , il n'y a pas ſi longtems que Dieu me l'a ôtée ; & je ne crois pas , depuis qu'elle eſt morte , que j'aye rien fait qui puiſſe vous avoir donné une auſſi mauvaiſe opinion de moi que vous l'avez : au contraire , mon innocence , & mon peu d'expérience , vous ont fait compaſſion , auſſi - bien que l'épouvante où vous m'avez vûë ; & , cependant , vous voulez que , tout d'un coup , je ſois devenue une miſérable , une ſcélerate , & la plus indigne , la plus épouvantable fille du monde : vous voulez , que , dans la douleur & dans les extrémitez où je ſuis , un homme , avec qui je n'ai été qu'une heure par accident , & que je ne verrai jamais , m'ait rendue ſi amoureuſe de lui & ſi paſſionnée , que j'en aye perdu tout bon - ſens & toute conſcience , & que j'aye le courage , & même l'eſprit , d'inventer des choſes qui font fremir , & de forger des impoſtures affreuſes. pour lui , contre un autre homme , qui m'aideroit à vivre , qui pourroit me faire tant de bien , & que je ſerois ſi intéreſſée à conſerver , ſi ce n'étoit pas un libertin , qui fait ſemblant d'être dévot , & qui ne me

don-

donne rien, que dans l'intention de me rendre en ſecret une malhonnête fille.

Ah ! juſte Ciel ! comme elle s'emporte ! Que dit - elle - là ? Qui a jamais rien ouï de pareil ? cria-t-il en baiſſant la tête, mais ſans m'interrompre ? & je continuai.

Oui, mon Pere, il ne tâche que cela ; voilà pourquoi il m'habille ſi bien. Qu'il vous conte ce qu'il lui plaira, notre querelle ne roule que là-deſſus ; & ſi j'avois conſenti à ſortir de l'endroit où je ſuis, & à me laiſſer mener dans une maiſon qu'il devoit meubler magnifiquement, & où il prétendoit me mettre en penſion chez un homme à lui, qui eſt, dit-il, un Solliciteur de Procès, & à qui il auroit fait accroire que j'étois ſa parente arrivée de la campagne. Voyez ce que c'eſt, & la belle dévotion.....

Hem ! comment ! reprit alors le Religieux en m'arrêtant : un Solliciteur de Procès ? dites - vous. Eſt - il marié ?

Oui, mon Pere, il l'eſt, répondis-je : un Solliciteur de Procès, qui n'eſt pas riche, chez qui j'aurois appris à danſer, à chanter, à jouër ſur le claveſſin ; chez qui j'aurois été comme la

maî-

maîtreſſe , par le reſpect qu'on m'auroit fait rendre , & dont la femme me
feroit venue prendre demain où je demeure , ſi j'avois voulu la ſuivre , &
que je n'euſſe point refuſé de recevoir ,
pas plus tard que demain auſſi , je ne
ſçai combien de rentes , cinq - ou ſixcent francs, je penſe, par un Contrat,
ſeulement pour commencer. Si je ne
lui avois pas témoigné , que toutes ſes
propoſitions étoient horribles , il ne
m'auroit pas reproché, comme il a fait,
& les louis d'or qu'il m'a donnez, que
je lui rendrai, & ces hardes , que je
ſuis honteuſe d'avoir ſur moi , & dont
je ne veux pas profiter , Dieu m'en
préſerve: il ne vous dira pas non plus,
que je l'ai menacé de venir vous apprendre ſon amour malhonnête, & ſes
deſſeins, à quoi il a eu le front de me
répondre, que, quand même vous les
ſçauriez, vous regarderiez cela comme
rien , comme une bagatelle qui arrivoit
à tout le monde , qui vous arriveroit
peut-être à vous-même au premier jour ;
& que vous n'oſeriez aſſurer que non,
parce qu'il n'y avoit pas d'homme de
bien, qui ne fût ſujet à être amoureux,
ni qui pût s'en empêcher. Voyez ſi
j'ai

j'ai inventé ce que je vous dis-là, mon Pere.

Mon bon Sauveur! dit-il alors tout émû. Ah Seigneur! Voilà un furieux Récit! Que faut-il que j'en penfe; & qu'eft-ce que de nous, Bonté Divine? Vous me tentez, ma fille. Ce Rapporteur de Procès m'embarraffe; il m'étonne: je ne fçaurois le nier; car je le connois: je l'ai vû avec lui (dit-il comme à part;) & cette jeune enfant n'aura pas été deviner que Monfieur de Climal fe fervoit de lui, & qu'il eft marié. C'eft un homme de mauvaife mine, n'eft-ce pas? ajouta-t-il.

Eh, mon Pere, je n'en fçai rien, lui dis-je. Monfieur de Climal n'a fait que m'en parler; & je ne l'ai vû, ni lui, ni fa femme. Tant mieux, reprit-il, tant mieux: oui, j'entens bien, vous deviez feulement aller chez eux: le mari eft un homme qui ne m'a jamais plû. Mais, ma fille, voilà qui eft étrange! Si vous dites vrai, à qui fe fiera-t-on?

Si je dis vrai, mon Pere! Eh pourquoi mentirois-je? Seroit-ce à caufe de ce neveu? Eh qu'on me mette dans un Couvent, afin que je ne le voye ni ne le rencontre jamais. Fort

Fort bien , dit-il alors, fort bien: cela eſt bon ; on ne ſçauroit mieux parler : & puis, mon Pere, ajoutai-je, demandez à la Marchande, chez qui Monſieur de Climal m'a miſe, ce qu'elle penſe de lui, & ſi elle ne le regarde pas comme un fourbe & comme un hypocrite : demandez à ſon neveu , s'il ne l'a pas ſurpris à genoux devant moi, tenant ma main qu'il baiſoit, & que je ne pouvois pas retirer d'entre les ſiennes ; ce qui a ſi fort ſcandaliſé ce jeune homme , qu'il me regarde à cette heure comme une fille perduë : &, enfin, mon Pere, conſiderez la confuſion où Monſieur de Climal a été, quand je ſuis entrée ici. Eſt-ce que vous n'avez pas pris garde à ſa mine ?

Oui , me dit-il , oui : il a rougi, vous avez raiſon ; & je n'y comprens rien : ſeroit-il poſſible ? J'en reviens toujours à ce Solliciteur de Procès. c'eſt un terrible article ; & ſon embarras , je ne l'aime point non plus. Qu'eſt-ce que c'eſt auſſi que ce Contrat ? Il eſt bien preſſé. Qu'eſt-ce que c'eſt que ces meubles, & que ces Maîtres pour des fariboles ? Avec qui veut-il que vous danſiez ? Plaiſante charité, té, qui apprend aux gens à aller au bal ! Un homme comme Monfieur de Climal ! Que Dieu nous foit en aide ! mais, on ne fçait qu'en dire. Helas, la pauvre humanité ! à quoi eft-elle fujette ? Quelle mifere que l'homme, quelle mifere ! Ne fongez plus à tout cela, ma fille ; je croi que vous ne me trompez pas : non, vous n'etes pas capable de tant de fauffetez ; mais, n'en parlons plus : foyez difcrete ; la charité vous l'ordonne, entendez-vous ? Ne revelez jamais cette étrange Avanture à perfonne : gardons-nous de réjouïr le monde par ce fcandale ; il en triompheroit, & en prendroit droit de fe moquer des vrais Serviteurs de Dieu. Tâchez méme de croire que vous avez mal vû, mal entendu : ce fera une difpofition d'efprit, une innocence de penfée, qui fera agréable à Dieu, qui vous attirera fa benediction. Allez, ma chere enfant : retournez-vous-en ; & ne vous affligez pas ; (ce qu'il me difoit, à caufe des pleurs que je répandois de meilleur courage que je n'avois fait encore, parce qu'il me plaignoit.)

Continuez d'être fage, & la Providence aura foin de vous : j'ai affaire, il faut que je vous quitte ; mais, dites-
moi

moi l'addreſſe de cette Marchande où
vous logez.

Helas! mon Pere, lui répondis-je,
après la lui avoir dite, je n'ai plus que
le reſte de cette journée-ci à y demeu-
rér: la penſion, qu'on lui payoit pour
moi, finit demain: ainſi, je ſuis obligée de ſortir de chez elle; elle s'y attend. Je ne ſçaurai plus après où me
refugier, ſi vous m'abandonnez, mon
Pere: je n'ai que vous; vous êtes ma
ſeule reſſource.

Moi! chere enfant! Helas! Seigneur, quelle pitié! Un pauvre Religieux comme moi! Je ne puis rien;
mais Dieu peut tout. Nous verrons,
ma fille, nous verrons: j'y penſerai.
Dieu ſçait ma bonne volonté: il m'in-
ſpirera peut-être; tout dépend de lui.
Je le prierai de mon côté, priez-le du
votre, Mademoiſelle: dites-lui, Mon
Dieu, je n'eſpere qu'en vous; n'y man-
quez pas: & moi, je ſerai demain ſans
faute à neuf heures du matin chez
vous; ne ſortez pas avant ce tems-là.
Ah ça, il eſt tard, j'ai affaire: adieu,
ſoyez tranquille; il y a loin d'ici chez
vous: que le Ciel vous conduiſe. A
demain.

Je le ſaluai ſans pouvoir prononcer
un

un feul mot, & je partis pour le moins auffi trifte que je l'avois été en arrivant chez lui. Les faintes & pieufes confolations, qu'il venoit de me donner, me rendoient mon état encore plus effrayant qu'il ne me l'avoit paru: c'eft que je n'étois pas affez dévote, & qu'une ame de dix-huit ans croit tout perdu, tout defefpéré, quand on lui dit en pareil cas, qu'il n'y a plus que Dieu qui lui refte; c'eft une idée grave & férieufe, qui effarouche fa petite confiance: à cet âge, on ne fe fie gueres qu'à ce qu'on voit, on ne connoît gueres que les chofes de la terre.

J'étois donc profondément confternée en m'en retournant: jamais mon accablement n'avoit été fi grand.

Quelques embarras dans la rue m'arrêterent à la porte d'un Couvent de filles: j'en vis celle de l'Eglife ouverte; &, moitié par un fentiment de Religion qui me vint en ce moment, moitié dans la penfée d'aller foupirer à mon aife, & de cacher mes larmes qui fixoient fur moi l'attention des paffans, j'entrai dans cette Eglife, où il n'y avoit perfonne, & où je me mis à genoux dans un Confeffional.

III. Partie.   F   Là.

Là, je m'abandonnai à mon affliction, & je ne gênai, ni mes gémissemens, ni mes sanglots. Je dis mes gémissemens, parce que je me plaignois, parce que je prononçois des mots, & que je disois, Pourquoi suis-je venuë au monde ? malheureuse que je suis ! Que fais-je sur la terre ? Mon Dieu, vous m'y avez mise ; secourez-moi : & autres choses semblables.

J'étois dans le plus fort de mes soupirs & de mes exclamations, du moins je le crois, quand une Dame, que je ne vis point arriver, & que je n'apperçus que lorsqu'elle se retira, entra dans l'Eglise.

Je sçus après, qu'elle arrivoit de la campagne ; qu'elle avoit fait arrêter son carosse à la porte du Couvent, où elle étoit fort connuë, & où quelques personnes de ses amis l'avoient priée de rendre en passant une Lettre à la Prieure ; & que, pendant qu'on étoit allé avertir cette Prieure de venir à son Parloir, elle étoit entrée dans l'Eglise, dont elle avoit, comme moi, trouvé la porte ouverte.

A peine y fut-elle, que mes tons gémissans la frapperent : elle y entendit tout ce que je disois, & m'y vit dans la posture de la personne du monde la plus désolée. J'é-

J'étois alors affife, la tête panchée, laiffant aller mes bras qui retomboient fur moi, & fi abforbée dans mes penfées, que j'en oubliois en quel lieu je me trouvois.

Vous fçavez que j'étois bien mife; &, quoiqu'elle ne me vît pas au vifage, il y a je ne fçai quoi d'agile & de léger, qui eft répandu dans une jeune & jolie figure, & qui lui fit aifément deviner mon âge. Mon affliction, qui lui parut extrême, la toucha; ma jeuneffe, ma bonne façon, peut-être auffi ma parure, l'attendrirent pour moi : quand je parle de parure, c'eft que cela n'y nuit pas.

Il eft bon en pareille occafion de plaire un peu aux yeux : ils vous recommandent au cœur. Etes-vous malheureux, & mal vêtu, ou vous échapez aux meilleurs cœurs du monde, ou ils ne prennent pour vous qu'un intérêt fort tiede : vous n'avez pas l'attrait qui gagne leur vanité; & rien ne vous aide tant à être généreux envers les gens, rien ne nous fait tant goûter l'honneur & le plaifir de l'être, que de leur voir un air diftingué.

La Dame en queftion m'éxamina beaucoup, & auroit même attendu

 pour

pour me voir que j'eusse retourné la tête, si on n'étoit pas venu l'avertir que la Prieure l'attendoit à son Parloir.

Au bruit qu'elle fit en se retirant, je revins à moi; & comme j'entendois marcher, je voulus voir qui c'étoit: elle s'y attendoit, & nos yeux se rencontrerent.

Je rougis, en la voyant, d'avoir été surprise dans mes lamentations; &, malgré la petite confusion que j'en avois, je remarquai pourtant qu'elle étoit contente de la physionomie que je lui montrois, & que mon affliction la touchoit: tout cela étoit dans ses regards; ce qui fit que les miens (s'ils lui dirent ce que je sentois) dûrent lui paroître aussi reconnoissans que timides: car, les ames se répondent.

C'étoit en marchant qu'elle me regardoit; je baissai insensiblement les yeux, & elle sortit.

Je restai bien encore un demi quart-d'heure dans l'Eglise, tant à essuyer mes larmes, qu'à rêver à ce que je ferois le lendemain, si les soins de mon Religieux ne réüssissoient pas. Que j'envie le sort de ces saintes filles qui sont dans ce Couvent! me dis-je: qu'elles sont heureuses!

Cet-

Cette penſée m'occupoit, quand une Touriere me vint dire honnêtement, Mademoiſelle, on va fermer l'Egliſe. Tout à l'heure, je vais ſortir, Madame, lui répondis-je, n'oſant la regarder que de côté, de peur qu'elle ne s'apperçût que j'avois pleuré : mais, j'oubliai de prendre garde au ton dont je lui répondois ; & ce ton me trahit. Elle le ſentit ſi plaintif & ſi triſte, me vit d'ailleurs ſi jeune, ſi joliment accommodée, ſi jolie moi-même, à ce qu'elle me raconta enſuite, qu'elle ne put s'empêcher de me dire : Helas ! ma chere Demoiſelle, qu'avez-vous donc ? Mon bon Dieu, quelle pitié ! Auriez-vous du chagrin ? C'eſt bien dommage. Peut-être venez-vous parler à quelqu'une de nos Dames ? A laquelle eſt-ce, Mademoiſelle ?

Je ne repartis rien à ce diſcours ; mais, mes yeux recommencerent à ſe mouiller. Nous autres filles, ou nous autres femmes, nous pleurons volontiers, dès qu'on nous dit, Vous venez de pleurer : c'eſt une enfance, & comme une mignardiſe, que nous avons, & dont nous ne pouvons preſque pas nous défendre.

Eh mais, Mademoiſelle, dites-moi

ce

Ce que c'eſt ; dites, ajouta la Touriere , en inſiſtant : irai-je avertir quelqu'une de nos Religieuſes ? Or, je réflechiſſois à ce qu'elle me répétoit là-deſſus. C'eſt peut-être Dieu, qui permet qu'elle me faſſe ſonger à cela, me dis-je toute attendrie de la douceur avec laquelle elle me preſſoit ; &, tout de ſuite, Oui, Madame, lui répondis-je, je ſouhaiterois bien parler à Madame la Prieure , ſi elle en a le tems.

Eh bien, ma belle Demoiſelle, venez, reprit-elle, ſuivez-moi: je vais vous mener à ſon Parloir ; & elle s'y rendra un moment après. Allons.

Je la ſuivis donc. Nous montâmes un petit eſcalier : elle ouvrit une porte ; & le prémier objet, qui me frappe, c'eſt cette Dame dont je vous ai parlé, que je n'avois vûë que lorſqu'elle ſortit de l'Egliſe, & qui en ſortant m'avoit regardée d'une maniere ſi obligeante.

Elle me parut encore charmée de me revoir, & ſe leva d'un air careſſant pour me faire place.

Elle étoit avec la Prieure du Couvent, & je vous ai inſtruite de ce qui étoit cauſe de ſa viſite.

Ma-

Madame , dit la Touriere à la Religieuse, j'allois vous avertir : c'eſt Mademoiſelle qui vous demande.

Cette Prieure étoit une petite perſonne courte , ronde , & blanche, à double menton , & qui avoit le teint frais & répoſé. Il n'y a point de ces mines-là dans le monde : c'eſt un embonpoint tout différent de celui des autres ; un embonpoint , qui s'eſt formé plus à l'aiſe, & plus méthodiquement, c'eſt-à-dire où il entre plus d'art, plus de façon, plus d'amour de ſoi-méme, que dans le notre.

D'ordinaire, c'eſt , ou le tempérament, ou la quantité de nourriture, ou l'inaction & la moleſſe , qui nous acquierent le notre ; & cela eſt tout ſimple : mais , pour celui dont je parle, on ſent qu'il faut, pour l'avoir acquis, s'en être ſaintement fait une tâche ; il ne peut être que l'ouvrage d'une délicate, d'un amoureuſe, & d'une dévote complaiſance qu'on a pour le bien & pour l'aiſe de ſon corps : il eſt non-ſeulement un témoignage qu'on aime la vie & la vie ſaine , mais qu'on l'aime douce , oiſive , & friande , & qu'en jouïſſant du plaiſir de ſe porter bien, on s'accorde encore autant de douceurs

&

& de privileges, que si on étoit toujours convalescente.

Aussi cet embonpoint religieux n'a-
t-il pas la forme du notre, qui a l'air
plus profane : aussi grossit-il moins un
visage, qu'il ne le rend grave & dé-
cent ; aussi donne-t-il à la physionomie,
non pas un air joyeux, mais tranquille & content.

A voir ces bonnes filles, au reste,
vous leur trouvez un extérieur affable,
& pourtant un intérieur indifférent ; ce
n'est que leur mine, & non pas leur
ame, qui s'attendrit pour vous : ce
sont de belles images, qui paroissent
sensibles, & qui n'ont que des super-
ficies de sentiment & de bonté. Mais,
laissons cela : je ne parle ici que des
apparences, & ne décide point du
reste. Revenons à la Prieure : j'en
ferai peut-être le Portrait quelque
part.

Mademoiselle, je suis votre servante, me dit-elle, en se baissant pour
me saluer. Puis-je sçavoir à qui j'ai
l'honneur de parler ? C'est moi qui en
ai tout l'honneur, répondis-je encore
plus honteuse que modeste ; &, quand
je vous dirois qui je suis, je n'en serois pas plus connue de vous, Madame.
C'est,

C'eſt, ſi je ne me trompe, Mademoiſelle que j'ai vûë dans l'Egliſe où je ſuis entrée un inſtant, dit alors la Dame en queſtion avec un ſouris tendre: j'ai cru même la voir pleurer ; & cela m'a fait de la peine. Je vous rends mille graces de votre bonté, Madame, repris-je d'une voix foible & timide, & puis je me tus. Je ne ſçavois comment entrer en matiere: l'accueil de la Prieure, tout avenant qu'il étoit, m'avoit découragée; je n'eſpérois plus rien d'elle, ſans que je puſſe dire pourquoi: c'étoit ainſi que ſon abord m'avoit frappée; & cela revient à ces ſuperficies, dont je parlois, & que je ne démélois pas alors. Elle va me plaindre, & ne me ſecourera pas, me diſois-je: il n'y a rien à faire.

Cependant, ces Dames, qui s'étoient levées reſtoient debout, & j'en rougiſſois, parce que mon habit les trompoit, & que j'étois bien au-deſſous de tant de façons. Souhaitez-vous que nous ſoyons ſeules, me dit la Prieure?

Comme il vous plaira, Madame, répondis-je; mais, je ſerois fâchée d'être cauſe que Madame s'en allât, & de vous déranger: ſi vous voulez, je reviendrai. F 5 Ce

Ce que je difois , dans l'intention d'échaper à l'embarras où je m'étois mife, & de ne plus revenir.

Non, Mademoifelle , non, me dit la Dame , en me prenant par la main pour me faire avancer : vous refterez, s'il vous plaît ; ma vifite eft finie , & je partois : ainfi , je vais vous laiffer libre. Vous avez du chagrin , je m'en fuis apperçûe : vous méritez qu'on s'y intéreffe : & fi vous vous en retourniez, je ne me le pardonnerois pas.

Oui, Madame , lui dis-je, pénétrée de ce difcours , & toute en pleurs, il eft vrai que j'ai du chagrin : j'en ai beaucoup : il n'y a perfonne qui ait autant de fujet d'en avoir que moi, perfonne de fi à plaindre , ni de fi digne de compaffion que je le fuis ; & vous me témoignez un cœur fi généreux, que je ne ferai point difficulté de parler devant vous, Madame. Il ne faut pas vous retirer : vous ne me génerez point ; au contraire , c'eft un bonheur pour moi , que vous foyez ici : vous m'aiderez à obtenir de Madame la grace que je viens lui demander à genoux, (je m'y jettai en effet,) & qui eft de vouloir bien me recevoir chez elle.

Eh! ma belle enfant, que vous me
tou-

touchez, me répondit la Prieure , en me tendant les bras de l'endroit où elle étoit , pendant que la Dame me rélevoit affectueufement ! Que je me félicite du choix que vous avez fait de ma maifon! En vérité, quand je vous ai vûë, j'ai eu comme un preffentiment de ce qui vous amene : Votre modeftie m'a frappée. Ne feroit-ce pas une prédeftinée, qui me vient? ai-je penfé en moi-même ? Car, il eft certain, que votre Vocation eft écrite fur votre vifage : n'eft-il pas vrai , Madame ? Ne trouvez-vous pas comme moi ce que je vous dis-là ? Quelle eft belle, qu'elle a l'air fage! Ah! ma fille, que je fuis ravie ! que vous me donnez de joye! Venez, mon Ange, venez : je gagerois qu'elle eft fille unique , & qu'on la veut marier malgré elle. Mais, dites-moi, mon cœur, eft-ce tout-à-l'heure , que vous voulez entrer ? Il faudra pourtant informer vos parens ; n'eft-ce pas ? Chez qui enverrai-je ?

Hélas ! ma Mere, répondis-je, je ne puis vous indiquer perfonne : ma confufion & mes fanglots m'arréterent-là. Eh bien, me dit-elle, de quoi s'a-git-il ? Non, perfonne, continuai-je, rien de ce que vous croyez, ma Mere:

je

je n'ai pas la confolation d'avoir des
parens ; du moins, ceux que j'ai, je
ne les ai jamais connus.

Jefus ! Mademoifelle, reprit-elle avec
un refroidiffement imperceptible & grave. Voilà qui eft bien fàcheux ! Point
de parens ! Eh comment cela fe peut-
il ? Qui eft-ce donc qui a foin de vous ?
Car, apparemment que vous n'avez
point de bien non plus. Que font de-
venus votre pere & votre mere ?

Je n'avois que deux ans, lui dis-je,
quand ils ont été affaffinez par des vo-
leurs, qui arrèterent un caroffe de voi-
ture où ils étoient avec moi : leurs do-
meftiques y perirent auffi ; il n'y eut
que moi, à qui on laiffa la vie : & je
fus portée chez un Curé de Village,
qui ne vit plus, & dont la fœur, qui
étoit une fainte perfonne, m'a élevée
avec une bonté infinie ; mais, malheu-
reufement, elle eft morte ces jours
paffez à Paris, où elle étoit venue,
tant pour la fucceffion d'un parent
qu'elle n'a pas recueillie à caufe des
dettes du défunt, que pour voir s'il y
auroit moyen de me mettre dans quelque état qui me convînt. J'ai tout
perdu par fa mort : il n'y avoit qu'elle
qui m'aimoit dans le monde ; & je n'ai
plus

plus de tendreſſe à eſpérer de perſonne : il ne me reſte plus que la charité des autres ; auſſi n'eſt-ce qu'elle & ſon bon cœur que je regrette, & non pas les ſecours que j'en recevois. Je racheterois ſa vie de la mienne : elle eſt morte dans une auberge, où nous étions logées ; j'y ſuis reſtée ſeule, & l'on m'y a pris une partie du peu d'argent qu'elle me laiſſoit. Un Religieux, ſon Confeſſeur, m'a tirée de-là, & m'a remiſe, il y a quelques jours, entre les mains d'un homme que je ne veux pas nommer, qu'il croyoit homme de bien & charitable, & qui nous a trompez tous deux, qui n'étoit rien de tout cela. Il a pourtant commencé d'abord par me mettre chez Madame Dutour, une Marchande Lingere : mais, à peine y ai-je été, qu'il a découvert ſes mauvais deſſeins par de l'argent qu'il m'a forcée de prendre, & par des préſens que je me ſuis bien doutée qu'ils n'étoient pas honnêtes, non plus que certaines manieres qu'il avoit, & qui ne ſignifioient rien de bon, puiſqu'à la fin il n'a pas eu honte à ſon âge de me déclarer, en me prenant par les mains, qu'il étoit mon Amant, qu'il entendoit que je fuſſe ſa Maîtreſſe, &

qu'il

qu'il avoit réfolu de me mettre dans une maifon d'un quartier éloigné , où il feroit plus libre d'être amoureux de moi fans qu'on le fçût , & où il me promettoit des rentes , avec toutes for- tes de Maîtres & de magnificence : à quoi j'ai répondu , qu'il me faifoit hor- reur d'etre fi hypocrite & fi fourbe. Eh ! Monfieur , lui ai-je dit , eft-ce que vous n'avez pas de Religion ? Quel- le abominable penfée ! Mais , j'ai eu beau dire , ce méchant homme , au lieu de fe repentir & de revenir à lui , s'eft emporté contre moi , m'a traitée d'ingrate , de petite créature , qu'il puniroit fi je parlois , & m'a reproché fon argent , du linge qu'il m'avoit ache- té , & cette robe que je porte , & que je mettrai ce foir dans le paquet que j'ai déja fait du refte , pour lui renvoyer le tout , dès que je ferai rentrée chez Madame Dutour , qui , de fon côté , m'a donné mon congé pour de- main matin , parce qu'elle n'eft payée que pour aujourd'hui : de forte que je ne fçai plus de quel côté tourner , fi le Pere Saint-Vincent , de chez qui je viens en ce moment pour lui conter tout , & qui m'avoit bonnement me- née à cet horrible homme , ne trouve

pas

pas demain à me placer en quelque endroit, comme il m'a promis d'y tâcher.

Au sortir de chez lui, j'ai passé par
ici, & je suis entrée dans votre Eglise, à cause que je pleurois le long du
chemin, & qu'on me regardoit; &
puis Dieu m'a inspiré la pensée de me
jetter à vos pieds, ma Mere, & d'im-
plorer votre aide.

Là finit mon petit Discours, ou ma
petite Harangue, dans laquelle je ne
mis point d'autre art que ma douleur,
& qui fit son effet sur la Dame en question. Je la vis, qui s'essuyoit les yeux:
cependant, elle ne dit mot alors, &
laissa répondre la Prieure, qui avoit
honoré mon recit de quelques gestes
de main, de quelques mouvemens de
visage, qu'elle n'auroit pû me refuser
avec décence; mais, il ne me parut
pas que son cœur eût donné aucun signe
de vie.

Certes, votre situation est fort triste,
Mademoiselle: (car, il n'y eut plus,
ni de ma belle enfant, ni de mon ange; toutes ces douceurs furent suppri-
mées:) mais, tout n'est pas désespé-
ré; il faut voir ce que ce Religieux,
que vous appellez le Pere Saint - Vin-
cent, fera pour vous, reprit - elle d'un
air

air de compaffion pofée : ne dites-
vous pas , qu'il s'eft chargé de vous
trouver une place? Il lui eft bien plus
aifé de vous rendre fervice, qu'à moi,
qui ne fors point , & qui ne fçaurois
agir : nous ne voyons, nous ne con-
noiffons, prefque perfonne ; &, à l'ex-
ception de Madame , & de quelques
autres Dames , qui ont la bonté de
nous aimer un peu, nous fommes des
femaines entieres fans recevoir une vifite. D'ailleurs, notre Maifon n'eft
pas riche : nous ne fubfiftons que par
nos penfionnaires, dont le nombre eft
fort diminué depuis quelque tems : auffi
fommes-nous endettées , & fi mal à
notre aife, que j'eus l'autre jour le
chagrin de refufer une jeune fille , un
fort bon fujet , qui fe préfentoit pour
ètre Converfe ; parce que nous n'en
recevons plus, quelque befoin que nous
en ayons, & que, nous apportant peu,
elles nous feroient à charge : ainfi, de
tous côtez, vous voyez notre impuif-
fance, dont je fuis vraiment mortifiée ;
car , vous m'affligez , ma pauvre enfant : (ma pauvre ! quelle différence de
ftile ! auparavant elle m'avoit dit, ma
belle ;) vous m'affligez ; mais , que
ne vous étes-vous adreffée au Curé de
votre

votre Paroiſſe. Notre Communauté ne peut vous aider que de ſes priéres: elle n'eſt pas en état de vous recevoir; & tout ce que je puis faire, c'eſt de vous recommander à la Charité de nos Dames Penſionnaires: je quêterai pour vous, & je vous remettrai demain ce que j'aurai amaſſé. (Quêter pour un Ange! La belle choſe à lui propoſer!)

Non, ma Mere, non, répondis-je d'un ton ſec & ferme: je n'ai encore rien dépenſé de la petite ſomme d'argent que m'a laiſſé mon amie; & je ne venois pas demander l'Aumône: je crois que, lorſqu'on a du cœur, il n'en faut venir à cela, que pour s'empêcher de mourir; & j'attendrai juſqu'à cette extrêmité: je vous remercie.

Et moi, je ne ſouffrirai point qu'une fille auſſi bien née y ſoit jamais réduite, dit en ce moment la Dame qui avoit gardé le ſilence. Reprenez courage, Mademoiſelle: vous pouvez encore prétendre à une amie dans le monde. Je veux vous conſoler de la perte de celle que vous regrettez; & il ne tiendra pas à moi, que je ne vous fois auſſi chere qu'elle vous l'a été. Ma Mere, ajouta-t-elle en adreſſant la parole à la Religieuſe, je payerai la

III. Partie.   G   pen-

penfion de Mademoifelle; vous pou-
vez la faire entrer chez vous. Cependant, comme elle vous eft abfolument
inconnue, & qu'il eft jufte que vous
fçachiez quelles font les perfonnes que
vous recevez, nous n'avons, pour
vous ôter tout fcrupule là-deffus, &
pour empêcher même qu'on ne trouve
à redire à l'inclination que je me fens
pour Mademoifelle; nous n'avons, dis-
je, qu'à envoyer tout-à-l'heure votre
Touriere chez cette Madame Dutour,
qui eft ma Marchande, & dont fans
doute le bon témoignage juftifiera ma
conduite & la votre.

Je compris d'abord à ce difcours,
qu'elle étoit bien aife elle-même de
connoître un peu mieux fon fujet, &
de fçavoir à qui elle avoit affaire: mais
obfervez, je vous prie, le tour honnête qu'elle prenoit pour cela, & avec
quel ménagement pour moi, avec quelle induftrie elle me cachoit l'incertitu-
de qui pouvoit lui refter fur ce que je
difois, & qui étoit fort raifonnable.

On ne fçauroit payer ces traits de
bonté-là. De toutes les obligations
qu'on peut avoir à une belle ame, ces
tendres attentions, ces fecretes poli-
teffes de fentiment, font les plus tou-
chan-

chantes. Je les appelle fecretes, parce que le cœur, qui les a pour vous, ne
vous les compte point, ne veut point
en charger votre reconnoiſſance : il
croit qu'il n'y a que lui qui les ſçait,
il vous les fouſtrait, il en enterre le
mérite; & cela eſt adorable.

Pour moi, je fus au fait : les gens,
qui ont eux-mêmes un peu de nobleſſe
de cœur, ſe connoiſſent en égards de
cette eſpece, & remarquent bien ce
qu'on fait pour eux.

Je me jettai avec tranſport, quoiqu'avec reſpect, ſur la main de cette
Dame, que je baiſai longtems, &
que je mouillai des plus tendres & des
plus délicieuſes larmes que j'aye verſé
de ma vie: c'eſt que notre ame eſt hau-
te, & que tout ce qui a un air de reſpect pour ſa dignité la pénetre & l'en-
chante; auſſi notre orgueil ne fut-il jamais ingrat.

Madame, lui dis-je, conſentez-vous
que j'écrive deux mots à Madame Dutour par la Touriere : vous verrez mon
Billet; & je ſonge que dans les circon-
ſtances où je ſuis, & qu'elle n'ignore
pas, elle pourroit craindre de la ſurpriſe, & ne pas s'expliquer librement ?
Oui - dà, Mademoiſelle, me répondit

 elle;

elle : vous avez raifon ; écrivez. Ma Mere, voulez-vous bien nous donner une plume & de l'encre ? Avec plaifir, dit la Prieure toute radoucie , & qui nous paffa ce qu'il falloit pour le Billet. Il fut court : le voici à peu près.

,, La perfonne, qui vous rendra
,, cette Lettre, Madame, ne va chez
,, vous, que pour s'informer de moi:
,, vous aurez la bonté de lui dire naï-
,, vement, & dans la pure vérité, ce
,, que vous en fçavez , tant pour ce
,, qui concerne mes mœurs & mon ca-
,, ractère, que pour ce qui a rapport
,, à mon Hiftoire, & à la maniere
,, dont on m'a mife chez vous. Je ne
,, vous fçaurois aucun gré de tromper
,, les gens en ma faveur : ainfi, ne
,, faites point difficulté de parler fui-
,, vant votre confcience, fans vous fou-
,, cier de ce qui me fera avantageux
,, ou non. Je fuis , Madame.... &
Marianne au bas pour toute fignature.

Enfuite, je préfentai ce papier à ma future bienfaictrice, qui, après l'avoir lû, en riant, & d'un air qui fembloit dire, Je n'ai que faire de cela, le donna à travers la grille à la Prieure, & lui dit, Tenez, ma Mere : je crois que vous ferez de mon avis ; c'eft que, qui-

con-

conque écrit de ce ton-là ne craint rien.

A merveille, reprit la Religieuse quand elle en eut fait la lecture, à merveille; on ne peut rien de mieux: &, sur le champ, pendant que je mettois le dessus de la Lettre, elle sonna pour faire venir la Touriere.

Celle-ci arriva, salua fort respectueusement la Dame, qui lui dit, A propos, j'ai vû votre sœur à la campagne: on est fort content d'elle où je l'ai mise; & j'ai quelque chose à vous en dire, ajouta-t-elle, en la tirant un moment à quartier pour lui parler. Je présumai encore, que j'étois cette sœur dont elle l'entretenoit, & qu'il s'agissoit de quelques ordres qui me regardoient: & deux ou trois mots, comme, Oui, Madame, laissez-moi faire, prononcez tout haut par la Touriere qui me regardoit beaucoup, me le prouverent.

Quoi qu'il en soit, cette fille prit le billet, partit, & revint une petite demi-heure après. Ce qui fut dit entre la Dame, la Prieure, & moi, pendant cet intervalle de tems, je le passe. Voici la Touriere de retour: j'oublie pourtant une circonstance; c'est, qu'a-

vant

vant qu'elle rentrât dans le Parloir,
une autre fille de la maison vint avertir
la Dame, qu'on souhaitoit lui dire un
mot dans le Parloir voisin. Elle y al-
la, & n'y resta que cinq ou six minutes.
A peine étoit-elle revenue, que nous
vîmes paroître la Touriere, qui apparemment venoit de la quitter, & qui
avec une gayeté de bon augure, &
débutant par un enthousiasme d'a-
mitié pour moi, m'adressa d'abord la
parole.

Ah! sainte Mere de Dieu, que je
viens d'entendre dire du bien de vous,
Mademoiselle! Allez, je l'aurois devi-
né: vous avez bien la mine de ce que
vous étes. Madame, vous ne sçauriez
croire tout ce qu'on m'en vient de conter; c'est qu'elle est sage, vertueuse,
remplie d'esprit, de bon cœur, civile,
honnéte, enfin la meilleure fille du
monde: c'est un trésor, hors qu'on dit
qu'elle est si malheureuse, que nous en
venons de pleurer la bonne Madame
Dutour & moi: il n'y a ni pere ni
mere, on ne sçait qui elle est; voilà
tout son défaut: &, sans la crainte de
Dieu, elle n'en seroit pas plus mal, la
pauvre petite; témoin un gros richard,
qu'elle a congédié pour de bonnes rai-
sons,

fons, le vilain qu'il eft. Je vous conterai cela une autre fois ; je vous dis feulement le principal : au refte, Madame, j'ai fait comme vous me l'avez commandé; je n'ai pas dit votre nom à la Marchande ; elle ne fçait pas qui eft-ce qui s'enquête.

La Dame rougit à cette indifcrétion de la Touriere, qui me réveloit, que c'étoit de moi dont elles avoient parlé à part ; & cette rougeur fut une nouvelle bonté dont je lui tins compte.

Voilà qui eft bien, ma bonne ; en voilà affez, lui dit-elle : & vous, Mademoifelle, n'entrerez-vous pas aujourd'hui? Avez-vous quelques hardes à prendre chez la Marchande, & faut-il que vous y alliez ? Oui, Madame, répondis-je; & je ferai de retour dans une demi-heure, fi vous me permettez de fortir.

Faites, Mademoifelle : allez, reprit-elle, je vous attens. Je partis donc : le Couvent n'étoit pas éloigné de chez Madame Dutour, & j'y arrivai en très peu de tems, malgré un refte de douleur que je fentois encore à mon pied.

La Lingere caufoit à fa porte avec une de fes voifines : j'entrai, je la re-

mer-

merciai, je l'embraſſai de tout mon cœur; elle le méritoit.

Eh bien, Marianne, Dieu merci, vous avez donc trouvé fortune ? Eh bien par-ci, eh bien par-là, qui eſt cette Dame, qui a envoyé chez moi? J'abrégeai. Je ſuis extrêmement preſſée, lui dis-je: je vais me deshabiller, & mettre cet habit dans un paquet, que j'ai commencé là-haut, qu'il faut que j'acheve, & que vous aurez la bonté de faire porter aujourd'hui chez le Neveu de Monſieur de Climal. Ouï, ouï, reprit-elle, chez Monſieur de Valville ; je le connois, c'eſt moi qui le fournis: chez lui-même, lui dis-je; vous me remettez ſon nom: &, en lui répondant, je montois déja l'eſcalier qui menoit à la Chambre.

Dès que j'y fus, eh vîte, eh vîte, j'ôte la robe que j'avois, je reprens mon ancienne, je mets l'autre dans le paquet; & le voilà fait. Il y avoit une petite écritoire, & quelques feuilles de papier ſur la table; j'en prens une, & voici ce que j'y mets pour Valville.

Monſieur, il n'y a que cinq ou ſix jours que je connois Monſieur de Climal votre oncle, & je ne ſçais pas où

il

il loge, ni où lui adreſſer les hardes
qui lui apartiennent, & que je vous
prie de lui remettre. Il m'avoit dit,
qu'il me les donnoit par charité : car,
je ſuis pauvre ; & je ne les avois pri-
ſes, que ſur ce pied-là : mais, comme il ne m'a pas dit vrai, & qu'il m'a
trompée, elles ne ſont plus à moi, &
je les rends auſſi-bien que quelque argent qu'il a voulu à toute force que je
priſſe. Je n'aurois pas recours à vous
dans cette occaſion, ſi j'avois le tems
d'envoyer chez un Recollet nommé le
Pere Saint-Vincent, qui a cru me rendre ſervice en me faiſant connoître votre oncle, & qui vous apprendra,
quand vous le voudrez, à vous reprocher l'Inſulte que vous avez faite à une
fille affligée, vertueuſe, & peut-être
votre égale.

Que dites-vous de ma Lettre ? J'en
fus aſſez contente, & la trouvai mieux
que je n'aurois moi-même eſpéré de
la faire, vû ma jeuneſſe, & mon peu
d'uſage : mais, on ſeroit bien ſtupide,
ſi, avec des ſentimens d'honneur, d'a-
mour, & de fierté, on ne s'exprimoit
pas un peu plus vivement qu'à ſon ordinaire.

G 5

Auſ-

Aussi-tôt ce Billet écrit , je pris le paquet , & je descendis en bas.

Je supprime ici un détail que vous devinerez aisément : c'est ma petite cassette pleine de mes hardes , que je ne pouvois pas porter moi-même , & que j'envoyai prendre en haut par un homme qui s'étoit dévoué au service de tout le quartier , & qui se tenoit d'ordinaire à deux pas du logis : ce sont mes adieux à Madame Dutour , qui me promit que le ballot & le billet pour Valville seroient remis à leur adresse en moins d'une heure : ce sont mille assurances , que nous nous fîmes cette bonne femme & moi : ce sont presque des pleurs de sa part , car elle ne pleura pas tout-à-fait , mais je croyois toujours qu'elle alloit pleurer. Pour moi , je versai quelques larmes par tristesse : il me sembloit , en me séparant de la Dutour , & en sortant de sa maison , que je quittois une espece de parente , & même une espece de patrie , & que j'allois à la garde de Dieu dans un païs étranger , sans avoir le tems de me reconnoître. J'étois comme enlevée : il y avoit quelque chose de trop fort pour moi dans la ra-
pidi-

pidité des évenemens qui me dépla-
çoient, qui me tranſportoient: je ne
ſçavois où, ni entre les mains de qui
j'allois tomber.

Et ce quartier, dont je m'éloignois,
le comptez-vous pour rien? Il me mettoit dans le voiſinage de Valville, de
ce Valville, que j'avois dit que je ne
verrois plus, il eſt vrai; mais, il étoit
bien rigoureux de ſe trouver priſe au
mot: je m'étois promis de ne le plus voir,
& non pas de ne le pouvoir plus; ce
qui eſt bien autrement ſérieux, & le
cœur ne ſe mene pas avec cette rudeſ-
ſe-là: ce qui l'aide à étre ferme, dans
un cas comme le mien, c'eſt la liberté
d'étre foible; & cette liberté, je la
perdois par mon changement d'état,
& j'en ſoupirois, mon courage en étoit
abbatu.

Cependant, il faut partir; allons,
me voilà en chemin: j'ai dit à la Dutour que c'étoit à un Couvent que je
me rendois; comment s'appelle-t-il?
Je l'ignore, auſſi-bien que le nom de
la rue; mais, je ſçais mon chemin, le
crocheteur me ſuit: à ſon retour il l'in-
ſtruira, & ſi par hazard elle voit Valville, elle pourra l'inſtruire auſſi: ce
n'eſt pas que je le ſouhaite; c'eſt ſeulement

lement une réflexion que je fais en marchant, & qui m'amuse. Eh bien oui, il sçaura le lieu de ma retraite, que m'importe, qu'en peut-il arriver ? Rien, à ce qu'il me semble : est-ce qu'il tentera de me voir, ou de m'écrire ? Oh que non, me disois-je : oh que si, devois-je dire, si je m'étois répondu sincérement, & suivant la consolante apparence que j'y trouvois.

Mais, nous approchons du Couvent, & nous y sommes : j'y revenois bien moins parée, que je n'en étois partie ; ma bienfaictrice m'en demanda la raison.

C'est, lui dis-je, que j'ai repris mes hardes, & que j'ai laissé chez Madame Dutour toutes celles que vous m'avez vûës, Madame ; afin qu'elle les fasse rendre à l'homme dont je vous ai parlé, & de qui je les tenois. Ma chere fille, vous n'y perdrez rien, me répondit-elle en m'embrassant ; après quoi j'entrai : je revins la remercier à travers les grilles du Parloir : elle partit ; & me voilà pensionnaire.

J'aurai bien des choses à vous dire de mon Couvent. J'y connus bien des personnes : j'y fus aimée de quelques-unes, & dédaignée de quelques autres ;

&

& je vous promets l'Hiſtoire du ſéjour
que j'y fis : vous l'aurez dans la quatrieme Partie. Finiſſons celle-ci par un
évenement qui a été la cauſe de mon
entrée dans le monde.

Deux ou trois jours après que je fus
chez ces Religieuſes, ma bienfaictrice
m'y fit habiller comme ſi j'avois été ſa
fille, & m'y pourvut ſur ce pied-là de
toutes les hardes qui m'étoient néceſſaires : jugez des ſentimens que je pris
pour elle ; je ne la voyois jamais qu'a-
vec des tranſports de joye & de tendreſſe.

On remarqua que j'avois de la voix,
elle voulut que j'appriſſe la Muſique.
La Prieure avoit une niéce, à qui on
donna un Maître de Claveſſin ; ce
Maître fut le mien auſſi. Il y a des ta-
lens, me dit cette aimable Dame, qui
ſervent toujours, quelque parti qu'on
prenne : ſi vous êtes Religieuſe, ils
vous diſtingueront dans votre maiſon ;
ſi vous êtes du monde, ce ſont des
graces de plus, & des graces inno-
centes.

Elle me venoit voir tous les deux
ou trois jours, & il y avoit déja trois
ſemaines que je vivois-là dans une ſituation d'eſprit très-difficile à dire :
car,

car, je tâchois plus d'être tranquille,
que je ne l'étois, & ne voulois point
prendre garde à ce qui m'empêchoit
de l'être, & qui n'étoit qu'une folie se-
crete qui me suivoit par-tout.

Valville sçavoit sans doute où je demeurois: je n'entendois pourtant point
parler de lui, & mon cœur n'y com-
prenoit rien. Quand Valville auroit
trouvé le moyen de me donner de ses
nouvelles, il n'y auroit rien gagné:
j'avois renoncé à lui; mais, je n'entendois pas qu'il renonçât à moi: quelle
bizarrerie de sentiment!

Un jour, que je rêvois à cela malgré que j'en eusse, (& c'étoit l'après-
midi,) on vint me dire, qu'un laquais
demandoit à me parler. Je crus qu'il
venoit de la part de ma bienfaictrice,
& je passai au Parloir. A peine con-
siderai-je ce prétendu domestique, qui
ne se montroit que de côté, & qui d'u-
ne main tremblante me présenta une
Lettre. De quelle part? lui dis-je.
Voyez, Mademoiselle, me répondit-il
d'un ton de voix ému, & que mon cœur
reconnut avant moi, puisque j'en fus
émue moi-même.

Je le regardai alors, en prenant sa
Lettre: je lui trouvai les yeux sur moi:
quels

quels yeux, Madame! les miens fe fixerent fur lui. Nous reftâmes quelque tems fans nous rien dire; & il n'y avoit encore que nos cœurs qui fe parloient, quand une Touriere arriva, qui me dit que ma bienfaictrice alloit monter, & que fon caroffe venoit d'entrer dans la Cour. Remarquez, qu'elle ne la nomma pas : c'eft votre bonne Maman, me dit-elle ; & puis elle fe retira.

Ah! Monfieur, retirez-vous criai-je toute troublée à Valville, (car vous voyez bien que c'étoit lui,) qui ne me répondit que par un foupir en fortant.

Je cachai ma Lettre en attendant ma bienfaictrice, qui parut un inftant après, & qui amenoit avec elle une Dame que j'ai bien aimée, que vous aimerez auffi fur le portrait que je vous en ferai dans ma quatrieme Partie, & que je joindrai à celui de cette chere Dame qu'on appelloit ma Mere.

F I N.